그래서,
실크로드

박진영 지음

KB193370

여 행 을
생각하다

우리는 왜 여행을 떠날까? 멋진 산과 바다, 아름다운 건물, 낯선 사람과의 만남 속에서 나를 찾는 것이 여행이다. 누군가와 같이 여행을 떠나는 것은 그 사람을 여행하는 것과 같다. '여행을 생각하다'는 여행을 통해 행복한 시간을 보내고 싶은 사람, 다음 여행을 더 잘하고 싶은 사람을 위한 이야기를 담았다.

그래서 실크로드

춤, 마흔, 우즈베키스탄

초판 1쇄 발행 2024년 10월 25일   지은이. 박진영
펴낸이. 김태영

씽크스마트 책 짓는 집

경기도 고양시 덕양구 청초로66   홈페이지. www.tsbook.co.kr
덕은리버워크 지식산업센터 B-1403호   블로그. blog.naver.com/ts0651
전화. 02-323-5609   페이스북. @official.thinksmart
     인스타그램. @thinksmart.official
     이메일. thinksmart@kakao.com

ISBN 978-89-6529-064-3 (03810)
© 2024 박진영

• **씽크스마트 더 큰 생각으로 통하는 길**

'더 큰 생각으로 통하는 길' 위에서 삶의 지혜를 모아 '인문교양, 자기계발, 자녀교육, 어린이 교양·학습, 정치사회, 취미생활' 등 다양한 분야의 도서를 출간합니다. 바람직한 교육관을 세우고 나다움의 힘을 기르며, 세상에서 소외된 부분을 바라봅니다. 첫 원고부터 책의 완성까지 늘 시대를 읽는 기획으로 책을 만들어, 넓고 깊은 생각으로 세상을 살아갈 수 있는 힘을 드리고자 합니다.

• **도서출판 큐 더 쓸모 있는 책을 만나다**

도서출판 큐는 울퉁불퉁한 현실에서 만나는 다양한 질문과 고민에 답하고자 만든 실용교양 임프린트입니다. 새로운 작가와 독자를 개척하며, 변화하는 세상 속에서 책의 쓸모를 키워갑니다. 흥겹게 춤추듯 시대의 변화에 맞는 '더 쓸모 있는 책'을 만들겠습니다.

자신만의 생각이나 이야기를 펼치고 싶은 당신.
책으로 사람들에게 전하고 싶은 아이디어나 원고를 메일(thinksmart@kakao.com)로 보내주세요.
씽크스마트는 당신의 소중한 원고를 기다리고 있습니다.

그래서,
실크로드

박진영 지음

중앙아시아에서 살며 문화와 언어의 경계를 넘나드는 경험을 한 러시아어 통역사로서, 저자의 여정과 이야기에 자연스레 마음이 이끌렸습니다. 한 분야에 인생을 바치고도 여전히 자신을 찾기 위한 여정을 이어가는 모습은 우리 모두에게 익숙한 이야기일 것입니다. 저자는 마흔의 나이에 겪는 혼란과 불안을 진솔하게 풀어내며, 새로운 길을 찾아가는 용기와 자유를 노래합니다. 이 책은 자신의 길을 묵묵히 걸어가는 모든 이들에게 큰 위로와 영감을 줄 것입니다.

박정은,
통역사/ EBS 세계테마기행 우즈베키스탄편 출연

박진영 작가는 모든 면에서 자신을 드러내지 않는 여성, 무용가, 원석 같은 존재입니다.

그녀는 마치 자신의 영역을 찾는 야생 동물처럼, 조용한 힘과 겸손으로 세상을 대합니다. 저는 여성으로서, 그리고 무용가로서 그녀의 길을 만날 수 있는 행운을 가졌습니다. 그녀는 세상이 제공하는 아름다움을 찾고, 오직 몸만이 들을 수 있는 외침을 표현하는 사람입니다.

다비드 라히, 프랑스 안무가
Le Ballet de la Danse Physique Contemporaine

박진영 씨는 놀라움을 주는 특별한 능력을 가지고 있습니다. 그녀를 알게 된 순간부터, 제가 아는 한 그녀는 자신의 예술적 격동에 대한 이해를 끊임없이 추구하면서, 심오한 자기 성찰의 요구를 기꺼이 껴안은 사람이었습니다.

창조적 시련의 순간은 자신에 대한 더 나은 이해를 위한 중요한 전환점이라고 할 수 있습니다. 바로 진영씨가 겪었던 것처럼 말이죠. 그 시련 속에서, 한계를 새로운 꽃이 피는 예술적 열정의 연료로 전환시키면서 그녀는 더 강해져서 나옵니다. 그녀에게 공감하는 것은 피할 수 없는 일일 것입니다. 그녀의 빛나는 아름다움에 흠뻑 사로잡혀보시길!

사라 자넬레티,
〈Non ho chiesto l'America〉 저자
전 라스베가스 태양의 서커스 댄서

————

예술이라는 일에 종사하는 사람들이 있다. 이 사람들은 간혹 '자신들의 일'에 대한 성적표를 받아 들고 상처를 받는다. 하지만 "불나방처럼 대책 없이 무지하고 미련하게 자신을 쏟아붓는 일"에 대한 성적을 어떻게 가늠한단 말인가?

성적표에 대한 상처는 처음부터 예견되어 있던 것을 솔직하게 털어놓는 작가를 바라보며 그 용기에 응원을 보낸다. 예술이라는 일의 덕목이 '용기'여서가 아니라 '솔직함'이기 때문이다.

소준영, 뮤지컬 〈로스트 가든〉 총감독

장안에서 그리고 로마에서 출발한 카라반은 혹독한 날씨와 도적떼들의 위협을 극복하고 난 후 지금의 우즈베키스탄에 위치한 테르메즈, 사마르칸트, 부하라, 히바 등과 같은 오아시스 도시에서 반드시 여정을 멈추어야만 했다. 그들은 앞으로 남은 절반을 가기 위해 이곳에서 며칠 동안 휴식하고 심신을 달랬다. 그리고 남은 길을 향해 나아갔다. 박진영 선생님의 여정도 카라반과 같다고 여겨진다. 인생의 절반을 쉼 없이 달려왔다. 그러면 남은 절반의 인생을 준비하기 위해 휴식을 취해야만 한다. 박진영 선생님이 카라반처럼 우즈베키스탄으로 간 것은 앞으로 남은 절반의 인생 여정을 도전하고 성취하기 위한 소중한 휴식기라고 생각된다. 우즈베키스탄에서 휴식을 취한 카라반은 결국 장안에 그리고 로마에 당도하여 그 목적을 달성하였다. 박진영 선생님의 남은 여정도 그러하리라고 확신한다. 카라반의 길에서 그리고 천산에서 받은 기운으로 보다 더 높이 훨훨 날아오르는 춤꾼이 되기를 바란다.

성동기, 인하대 프런티어학부대학 교수

공연예술계는 일견 현실과는 동떨어진 세계로 묘사된다. 매 프로젝트마다 날짜와 시간, 장소와 일하는 사람이 바뀌고, 라이브라는 장르의 특징상 모든 상황은 통제 불가능한 상태에 놓여 있다. 그러나 일을 하면 할수록 나는 공연예술이라는 장르가 변화무쌍한 삶의 흐름과 가장 닮아있다는 생각을 하게 되었다. 그리고 가장 날것의 형태로 관객과 만나는 무대 위 예술가의 중압감과 책임감에 대해 부단히 생각하게 되었다.

진영씨는 내가 회사를 막 창립하고 첫 번째로 선보인 한불 합작 프로젝트 〈내 땅의 땀으로부터〉에 출연한 댄서였다. 농업을 소재로 한 작품이기에 직접 군위군에서 진행했던 농촌 체험 워크숍을 넘어 독일과 프랑스에서의 리허설과 공연을 함께하며 나는 그녀의 뜨거운 열정과 예술을 향한 헌신적인 노력에 감동하게 되었다. 열악한 환경에서 충분한 휴식시간 없이 연습과 리허설이 진행되었지만, 그녀는 매순간 모든 에너지를 다 쏟아 부으며 전력 질주했다.

프랑스에서의 첫 공연, 그리고 이어진 서울거리예술축제, 서울거리예술창작센터의 공연을 끝으로 우리는 한동안 만나지 못했다. 다시 만난 그녀는 긴 침묵을 깨기라도 하듯 한층 새롭고 자유로운 모습으로 나타났다. '움직이기'라는 현대무용스튜디오의 대표이자, 〈그래서, 실크로드〉 출판을 준비하는 작가로서.

　책속에서 그녀는 '아무것도 이룬 것도 없었고 아무것도 되지 못했습니다.'라고 쓰고 있지만, 나는 아직도 그녀의 무대, 무대 바깥에서의 모습을 기억한다. 그녀는 무대 위와 무대 아래에서의 모습이 일치하는 사람이었다.

　연습이 끝난 시간에도 그녀는 춤에 대한 자신의 깊은 애정에 대해 이야기했고, 나는 그것이 종내 짝사랑으로 끝나지 않을 것을 알았다. 자신이 좋아하는 것에 전력을 바치고, 그 경험을 토대로 가르침을 줄 수 있는 삶은 축복임에 분명하다. 이제는 그녀의 이야기가 더 많은 이들에게 전해질 시간인 것 같다. 예술을 좋아하고 사랑하는 마음, 아니 그 무언가를 깊이 좋아하고 사랑했던 누군가라면 틀림없이 공감하며 읽게 될 것이다.

김연정, 문화예술기획자
올웨이즈 어웨이크 대표

자신만의 아우라를 가진 그녀의 멋진 움직임은 스스로 단단해지는 여정을 꾸밈없이 기록한 이 책과 닮아있다. 결국 진실은 내 안에 있고 그것을 통해 나이가 들어가는 것이 더욱 깊어진 눈매로 나답게 살아갈 수 있는 것임을 이 책을 통해 깨닫게 되었다.

가수 림킴 Lim Kim (김예림)

박진영씨는 사회적 기대를 벗어난 열정을 추구하는 우리들의 감정을 완벽하게 담아냅니다. 세상에서 '어른'이라고 하지만, 여전히 아이였음을 깨달은 우리들 말입니다. 남들이 가지 않는 길을 선택하고, 우리가 사랑하는 것을 직업으로 삼은 사람들 말입니다. 우리의 기쁨을 돈으로 환산하는 것은 어렵고 고독한 여정이지만, 또한 매우 중요한 과정입니다. 우리가 누구인지, 우리가 되고 싶은 모습은 무엇인지, 그리고 사회에서 우리의 역할은 무엇인지 찾아가는 과정이니까요. 이러한 여정은 대부분 두려워하여 선택하지 못합니다. 이는 우리 사회와 함께 가지만, 그 안에 일반적으로 속하지 않는 길이기에 말입니다. 사회가 필요로 하지만, 그러면서도 인정하지 않는 그런 길이죠. 이 책에서 얻을 수 있는 통찰을 놓치지 마세요.

John C. Burns | Head Instructor
Denver Shaolin Kung Fu Tai Chi Institute
덴버 샤오린 쿵푸 타이치 센터장 존 번스

마흔이면 뭐라도
될 줄 알았다는 착각

내 나이 마흔 살. 눈을 떠보니 나는 무용만 하고 마흔이 되어 있었다. 무용에 몸과 마음을 다 바쳐 죽어라 배우고 춤추던 무용수 시절을 지나 무용 선생의 일을 착실하게 해왔다. 입신양명을 위해 무용을 했던 건 아니었지만, 그래도 진실하게 내 길을 묵묵히 가고, 충실하게 내 길을 파면 마흔 즈음에는 어느 정도 저명한 무용가가 되어있을 줄 알았다. 결과와 보상이란 것이 자연스럽게 뒤따라올 줄 알았다. 이름도 생기고, 사람들에게 인정도 받고, 경제적으로도 사회적으로도 안정적이고 성공적인 마흔이 되어있으리라 믿었다. 뭐라도 남을 줄 알았고, 뭐라도 이룰 줄 알았다.

그러나 마흔이 된 지금, 고단하고 고민스럽고 불안정한 삶은 여전히 변함없었다. 20대 30대는 춤 세계에서 생존을 위해 치열하게 달리느라 고단하고 고민스럽고 불안정했다. 사십이 된 지금, 이제는 무용도 예술도 밥벌이 앞에서 힘을 잃어가고 무용으로 밥벌이를 하느라, 생계를 위해 달리느라 고단하고 고민스럽고 불안정하다. 그렇다. 나는 결국 생계형 무용인이 되었다. 매우 유감스럽게도 마흔이 되었지만, 아무것도 이루지 못했고, 아무것도 되지 못했다. 무용에 존재를 던지고 불태워서 마흔이 되었지만, 여전히 삶의 기반은 불안정하고 불확실하기만 했다.

오로지 무용만이 전부였던, 그 어떤 다른 것도 중요하지 않았던 한쪽 눈의 세계에서 살

다가 문득 두 눈을 뜨게 된 것이다. 결국 이렇게 살기 위해서 그토록 무용에 내 자신을 쏟아 부었는가. 어쩜 이렇게 불나방처럼 대책 없이 무지하고 미련했던가. 사십까지 되는 동안 나는 대체 뭘 한걸까. 그동안 나의 모든 시간과 에너지, 경험, 그 모든 것이 대체 무슨 소용이었고 무슨 의미였던가. 삶 전체가 단번에 부정당하는 참혹함에 나는 정말로 견딜 수가 없었다.

와르르. 나는 통째로 무너졌다. 나의 가장 깊고 어두운 밑바닥으로 내쳐졌다. 이루 말할 수 없는 강렬한 혼돈과 암담함에 어쩔 줄 모르고 답답해서 사정없이 몸부림쳤다. 아무것도 하고 싶지 않았다. 아니, 할 수도 없었다. 이제 더 이상 무용을 할 힘도 의지도 이유도 용기도 열정도 없다. 원래 인생이 이런 건가. 40년을 살았는데, 세상에 갑자기 처음 태어난 사람 같았다. 대체 앞으로 어떻게 살아야 하는지 정말 모르겠다. 너무나 두렵고 무겁고 암담했다. 필사적으로 내 자신에게 물었다. 어떻게 살아야 하느냐고. 어떻게 살기를 원하느냐고. 무엇을 원하느냐고.

    흙탕물 같은 소요와 꽉 막힌 답답함을 견
딜 수가 없었다. 내 살길, 숨구멍을 찾아 나서야
했다. 휠휠 자유롭게 나는 새처럼, 둥둥 물 위를
부유하는 잎새처럼 나는 내맡기듯 자유롭게 가
볍게 표류하고 싶었다.
    떠나야겠다. 떠난다고 해서 바뀌는 것도,
해결되는 것도 없다. 내가 내 두 발로 서서 내손
으로 꽉 붙들고 풀어가야 할 나의 삶과 나의 과
제다. 그것들은 여기에 그대로 있을 것이었다.
그러나 이 여정이 어찌하든 내 기저로 들어오
리라고, 내 속에 어떤 횃불이나 작은 손짓이 되
어 주리라는 한 톨의 담담하고도 필사적인 믿
음은 있었다. 그래, 가자. 내 몸이 진동하고 울
리는 대로. 내 몸이 이끄는 대로. 그래, 휠휠 나
는 새처럼 가볍고 자유롭게.

C · O · N · T · E · N · T · S

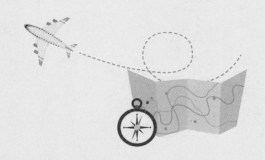

1부

그동안

춤춘

시간은

다

무엇이었을까?

무용,
이제 못해먹겠다

무용. 무용. 무용. 이제 진짜 못해먹겠다. 오늘도 현대무용 수업을 하러 가는 중에 너와 나, 이 애증의 관계를 이제는 정말 끊어내야겠다고 생각하고 있었다. 불나방마냥 무용에 미쳐서 20대 시절을 보냈다. 닥치는 대로 왕성하게 배우며 흡수했다. 30대에는 무용과 예술 세계에서 춤추는 것이 대체 무엇인지, 어떻게 춤을 춰야 하는지, 나는 누구인지, 어떻게 춤추고 어떻게 살고 싶은지 고민했다. 이 세계에서의 생존을 위해 그동안 고군분투하며 달려왔다. 진실하게 내 길을 묵묵히 걸었고, 충실하게 내 길을 팠다. 30대 중후반, 마흔을 저 앞에 두고서 나는 그것의 내부가 어떨지 구체적으로 상상할 수 없었다. 마흔은 그저 저 멀리서 지구를 향해 담담히 날아오는 미지의 운석 같았다. 하지만 그래도 마흔쯤 되면 삶의 지혜와 시선도, 존재도 성숙하고 깊어져 있을 테니, 지금 같은 폭풍의 소요나 존재를 뒤흔드는 불안은 훨씬 잦아들 거라는 생각은 있었다. 그쯤 되면 무용가로 어느 정도 인정도 받고, 사회적으로도 경제적으로도 지금보다는 훨씬 안정된 삶의 궤도에 올라가 있을 거라는 생각은 있었다. 그럼 삶은 지금보다는 가벼워질 터였다.

그러나 마흔이 된 지금, 언제부턴가 일상은 무겁고 엄숙하게 나를 눌렀다. 콱 눌려 답답한 명치, 질질질 쇳덩이를 끄는 것 같은 발. 죽자 사자 하면 자유로운 예술가가 될 줄 알았는데, 결국 나는 생계형 무용인이 되었다. 몸은 몸

대로 쏟아 붓고, 시간, 에너지, 돈 그 모든 것을
다 쏟아 부었건만 결과는 이랬다. 허망했다. 불

겨울, 한강
밥벌이하느라 분주한 몸과 정신.
과연 이것이 내가 원했던 삶이었나.
이렇게 살기 위해서 그토록 춤에
온 피와 살을 다 쏟아 부었나.
대체 내게 남은 게 뭔가.
그동안 나는 대체 뭘 한 걸까.
비로소 눈을 뜨게 된 것이다.
양쪽 두 눈을. 그리고 마흔 살,
나는 내 인생의 최저 밑바닥에 와 있었다.

안해지고 두려워졌다. 언제까지 무용할 수 있을까, 몸은 점차 쇠하여 갈 텐데, 언제까지 몸을 격렬하게 쓰면서 생계를 유지해 나갈 수 있을까. 지금이라도 정말 무용을 그만두고, 앞으로 오래도록 먹고 살 길을 시급히 찾는 게 맞지 않을까? 이제 정말로 무용을 계속 해야 되나 말아야 되나 나도 모르게 또 생각하던 참이었다. 나 진짜 이제 어떡하지… 마흔이 된 나는 유례없이 강렬한 피로감과 무기력, 불안에 숨 막혀 버둥대고 있었다. 지금 내 인생은 어디로 흘러가고 있는 걸까? 정말 이렇게 속절없이 인생이 끝나버리는 걸까?

사실 그동안 춤을 춰오면서 슬럼프를 경험해보지 않은 게 아니었다. 어려움에 봉착하고 정신에 폭풍이 칠 때마다 '무용을 계속 해 말아? 정말로 하고 싶은 게 맞나?' 라는 질문을 스스로에게 자주 던지곤 했다. 그래도 하고 싶었다. 정말 잘하고 싶었다. 힘들어서 죽네 사네 할까 말까 하면서도 좋으니까 잘하고 싶으니까

끌어안았다. 그럼 또 끌어안고 꾸역꾸역 가게 되었다. 그렇게 그 속에서 길이 또 찾아지고 이어지곤 했다.

그렇게 여태껏 무용을 하며 살아왔다. 나의 길을 진실하게 걷다보면 지금쯤 무언가가 되어 있을 줄 알았고, 무언가를 이뤄낼 줄 알았다. 이름도 생기고, 사람들에게 어느 정도 인정도 받고, 경제적으로 사회적으로 안정되고 성공한 마흔이 되어있을 줄 알았다. 결과와 보상을 바라고 무용을 한 건 아니었지만, 피땀 흘려 달려왔으니 뭐라도 남을 줄 알았다. 그것이 자연스러운 수순이며 이치라고 생각했다.

그러나 실제로 내 앞에 펼쳐진 마흔의 현실은 전혀 달랐다. 무용으로 밥벌이를 하느라 오도 가도 못한 채 얽어매어진 마흔 살 내 모습. 그랬다. 눈을 떠보니 나는 아무것도 이루지 못한 채, 무용만 하고 나이만 먹어서 마흔이 된 것이었다.

눈을 떠보니 내 삶의 전부라고 믿고 헌신했던 춤과 예술이라는 세계는 사실 내가 생각했던 것만큼 이 전체 현실세계에서 그 정도로 엄청나게 특별한 의미와 가치를 지닌 것도 아니었다. 세계를 구성하는 여러 다양한 요소들 중에 하나일 뿐이었고 그저 그만큼 적정한 의의를 지니고 있는 것일 뿐이었다. 아니 오히려 자본주의 경제논리가 지배하는 이 세계에서는 제대로 힘 하나 못쓸 터였다. 이 세계에서는 뭐니 뭐니 해도 밥이 먼저였고, 밥이 중요했다. 그리고 그것은 "예술"이라는 이상적이고 지고지순한 이름으로 가볍게 무시하거나 하찮게 여길 만한 문제는 결코 아니었다.

밥벌이에 얽어매어진 나의 춤, 나의 몸과 정신. 과연 이것이 내가 원했던 삶이었나. 과연 이렇게 살기 위해서 그토록 춤에 온 피와 살을 다 쏟아 부었던 것인가. 어쩜 이렇게 대책 없이 무지하고 미련했을까. 대체 이제 내게 남은 게 뭔가. 그동안 나는 대체 뭘 한 걸까. 그렇게 고군분투했던 그 모든 것이 다 무슨 의미가 있었을까.

오로지 무용만이 전부였던, 그 어떤 다른 것도 중요하지 않았던 한쪽 눈의 세계에서 살다가 비로소 두 눈을 뜨게 된 것이다. 와르르. 내 삶이 깡그리 부정당하는 참담한 심경이 되었다. 나는 갑자기 이 세상에 처음 태어난 사람처럼 기막힌 혼돈 속에 빠졌다. 삶이 원래 다 이런 건가? 마흔 살이 되었는데 나는 대체 이제 어떻게 살아야 할지를 모르겠다. 도저히 참을 수 없는 혼돈과 암담함. 나는 바닥에 내쳐졌다. 내 인생의 가장 밑바닥으로 나가떨어졌다.

아무것도 하고 싶지 않았다. 무용을 계속 할 힘도 이유도 의지도 없다. 이제 정말로 더 이상 무용을 할 수 없을 것 같았다. 진짜 못해 먹겠다. 꼴도 배기 싫다. 정말 지금이라도 다른 일을 찾을까? 이 마당에 그 편이 내 심신 건강에 좋을 수도 있을 것 같다. 그런데 그렇다고 이제 와서 다른 것을 할 수 있을만한 기술과

답답해서 찾아간 동해, 어둑해지던 항구 앞에서

능력이 내게 있나? 매우 유감스럽게도 여태껏
무용만 해서 무용밖에 할 줄 아는 게 없다. 총
체적 위기다. 무용을 하든 안하든 문제다. 나는
이제 정말로 어쩔 줄을 모르겠다. 대체 나는 어
떻게 살아야 하는가. 어떻게 살고 싶은가. 무엇
을 원하는가.

삶의 낙오자들이 춤추는 곳, 타슈켄트

　　7시간이 넘는 비행 끝에 드디어 다다른 우즈베키스탄. 코끝에 와 닿는 타슈켄트 공항의 냄새와 습도는 내가 한국 땅에서 너무도 멀리 떠나왔음을 깨닫게 해주었다. 광활한 중앙아시아 대륙 사람들의 이국적이고 매력적인 생김새, 곳곳에서 들려오는 우즈벡어와 러시아어. 엄청난 양의 새로운 정보가 물밀듯 세차게 내게 밀려들어오고 있었다. 동공은 확대되었고 눈빛은 날렵해졌다. 설렘과 두려움이 교차하면서 몸속

곳곳의 세포를 빠르게 일깨우고 있었다.

　　공항에서 환전을 하고, 유심을 사고 나오
니 어느새 밤 10시가 훌쩍 넘어있었다. 어느 누
가 가는 날이 장날이라고 했던가. 어두운 밤, 낯
선 타슈켄트에는 두껍고 차가운 겨울 장대비가
주룩주룩 쏟아지고 있었다. 수많은 사람들이
밖에서 누군가를 기다리고 있지만, 나를 기다

리는 사람은 없다. 옆에 찰싹 붙어서 내 혼을 쏙 빼 놓는 택시기사님들밖에. 여긴 어디일까? 나는 어디로 가야할까? 순식간에 암담하고 고독한 상태가 되었지만, 이내 마음을 스스로 단단하게 추스른다.

얀덱스 앱(중앙아시아 택시 어플리케이션)으로 부른 택시 기사님이 도착하셨나보다. 그러나 휴대폰 화면에 깜빡이는 위치표시는 방향을 잃고 좌우로 우왕좌왕하고만 있었다. 후두두두… 거칠게 쏟아지는 까만 비를 뚫으며 밖으로 나왔다. 한 손에는 무거운 짐을 끌고, 또 한 손에는 휴대폰을 쥐고 필사적으로 택시를 찾아 헤맸다. 기사님과 통화를 시도했지만 영어도, 러시아어도 의사소통이 전혀 되질 않았다. 시린 겨울비가 맨살에 닿았을 때, 나는 암담했고 슬펐다. 무슨 입성부터 일진이 이렇게 사납단 말인가, 타슈켄트에서도 나는 쉽게 받아들여지지 않는다. 글렀다. 오늘 안에 집 가기는.

첫 번째 택시기사님도, 두 번째 기사님도 다 떠났다. 대륙의 겨울비에 한참동안 흠씬 두드려 맞아 망연자실한 나는 처참한 기분이 되었다. 그러나 또 죽으라는 법만 있는 것도 아닌가보다. 쫄딱 비 맞은 생쥐 꼴을 하고 있던 내 앞에 경찰관 한 분이 지나가는 것이 보였고, 나는 나도 모르게 본능적으로 그 분을 덥석 부여잡았다. 의사소통이 제대로 되지 않았지만 몸으로, 눈으로 서로를 이해했다. 그 분은 이 긴장의 땅 타슈켄트에서 처음으로 내게 따뜻함을 느끼게 해 준 사람이었다. 작은 등불이 내게 비춰졌고, 작은 희망이 내 안에 샘솟았다. 그래, 어쩌면 내가 여기에서 받아들여질 수도 있을 것이다. 어쩌면 여기에서 내가 막연히 찾는 답을 구할 수도 있을 것이다.

경찰관님의 도움으로 택시를 타고 숙소까지 잘 도착했다. 때는 이미 자정, 아니나 다를까 숙소의 입구는 굳게 잠겨있었다. 왜 이리 간단한 문제도 내게는 쉽게 다가오지 않는가. 또

다시 기다리고 찾고 두드려야 한다. 하염없이 두드린다. 미동하나 없는 문. 정말이지 안 따라준다. 사납다 사나워. 이 문도, 인생도.

'그래, 될 대로 되라지. 이제 뭐, 나도 모르겠다. 죽든지 살든지.'

털썩. 모든 것을 다 내려놓았다. 인생의 기막힌 모순적 타이밍인가? 풍채 좋은 한 러시

타슈켄트 숙소
털썩. 모든 것을 다 내려놓았을 때, 나는 받아들여졌다.

아 아저씨가 무슨 일이나 있었냐는 듯 아주 느긋하고 여유로운 발걸음으로 걸어 나오시는 거였다. 빗속에서 인생이며 받아들여짐이며 모든 문제들에 대해 고뇌하며 필사의 급박한 사투를 벌였던 그 모든 나의 드라마틱한 시간을 순식간에 아무렇지도 않게 만드는 아저씨의 몸짓에서 나는 너무도 이질적인 두 시공간의 존재성과 어이없는 허탈감에 맞닥뜨렸다. 침대에 몸을 길게 펴서 뉘었을 때, 안도감과 연한 부드러움이 전신에 퍼졌다. 드디어 우즈베키스탄에 입성한 것이었다. 이 땅에 내 발을 들여놓았고, 나는 이 땅에 받아들여진 것이었다. 무척 피곤했다. 하지만 몸 속 세포는 어느 때보다도 분주하게 정신을 두드려대고 있었다. 다시, 가슴이 뛴다. 여기서 나는 나만의 등불을 밝힐 수 있을까?

• 얀덱스(Yandex): 우즈베키스탄에서 널리 사용되는 택시어플로, 히바를 제외한 우즈베키스탄의 주요도시에서 사용가능하다.

투명한
가림막

눈을 떴다. 보이는 모든 것은 온통 낯설고 비현실적이다. 밖은 비를 품어 눅눅하고 무거운 회색이었다. 여기는 낯선 미지의 세계. 구름 위를 떠다니는 것 같은 비현실성. 이 가벼운 정신과 몸을 가라앉히고, 이 땅에 나의 존재를 연결시키고 접속시키기 위해서 땅을 밟아야 했다.

두 발바닥을 넓게 펴서 체중을 싣고 땅을 밟는다. 한발 한발 땅을 디딜 때마다 호흡을 천

천히 배꼽으로, 발바닥으로 쭉 누른다. 연결을
위한 나만의 의식이다. 처음 가보는 낯선 공간
에서 연습을 하거나 공연을 할 때, 나는 땅을 딛
고 서 있는 내 몸이 마치 돛대 없는 부표처럼 가
볍고 허전하게 느껴지곤 했다. 몸의 중심이 땅
과 연결되어 땅을 깊고 묵직하게 누를 수 있어
야 하는데, 그러지 못할 경우, 발바닥이 땅에서
어수선하게 아주 살짝 떠 있는 것 같은 미세한
느낌을 감지하는 것이다. 그러면 나는 온전히
내가 된 것 같지 않았다. 내 존재의 중심이 제대
로 세워진 것 같지 않아서 예민한 불안정감과

흔들림을 느꼈다.

내가 나 자신이 되기 위해서는 땅과 접속하는 의식을 수행해야 했다. 내 중심과 연결된 보이지 않는 끈 같은 것이 땅에 연결되어야 하는데 그러기 위해서는 한발 한발에 내 호흡을 온전히 다 실어서 디뎌야한다. 계속 하다보면 점차 호흡이 아래로 차분히 내려앉게 되고, 발바닥위에 내 몸이 올바로 세워졌다는 느낌이 감지되는데, 그럼 비로소 나는 나만의 신체적 정신적 리듬을 찾는다. 그럼 이제 움직일 준비가 되었다는 것을 알 수 있었다.

걷는다. 나만의 연결의식을 시작한다. 시야가 탁 트이는 넓고 곧은길이 쭉쭉 뻗어 있다. 오래되거나 현대적인 건물 사이로, 크고 작은 건물 사이로 직선 같은 공간의 여백이 느껴진다. 군더더기 없이 큼직하게 쓰인 러시아어 글자들, 다소 우중충한 도시 분위기에 나는 마치 시간을 거슬러 구 소련시대에 와 있는 것 같은 묘한 정취에 휩싸인다. 내 눈앞에 펼쳐진 미지

나만의 연결의식을 시작한다. 내 눈앞에 펼쳐진 미지의 세계,
온통 낯선 것들과 부딪히며 일어나는 다채로운 몸 속 감각.
나는 걷고 또 걷는다.

의 세계, 온통 낯선 것들과 부딪히며 일어나는 다채로운 몸 속 감각. 나는 걷고 또 걷는다.

우즈베키스탄 국립역사박물관에 들어왔다. 두 개의 층으로 전시가 되어 있었는데 규모가 그리 크지는 않았다. 내용이 그리 실하진 않지만, 광활한 중앙아시아 대륙에서 유목하고 사냥하던 이곳 사람들의 과거 생활상부터 독립 후 현재모습까지를 대략적으로 훑어 볼 수 있었다. 이 두터운 시간 속에서 수많은 사람들과 사건들이 나타나고 사그라졌다. 시절마다 그렇게도 다사다난했던 인간역사는 언제 그랬냐는 듯이 이제 시간 속에 묻혀 그저 덤덤하게 무심히 있을 뿐이었다. 젖어드는 무상함에 나는 약간 헛헛해졌다. 과연 지금 인생에서 중요한 게 무엇일까.

비는 여전히 추적추적 내렸다. 발길이 이끄는 대로 무작정 걸었다. 유리창을 통해 보이는 가게 안에는 사람들이 커피도 마시고, 밥도 먹고, 머리도 하고, 물건도 사고팔고 하고 있었다. 평범한 일상의 시공간이 그림같이 펼쳐지고 있었다. 나와 저 사람들 사이에는 투명한 가림막이 쳐있어서 나는 저 세계를 관람하듯 바라보고 있다. 저 세계는 마치 매트릭스처럼 잘 꾸며진 가상 세계 같다. 저 세계의 어떤 사람 소리도, 어떤 현장의 소리도 들리지 않는다, 마치 무성영화처럼. 어쩐지 나는 자꾸 이 세계와 분리되어 유령처럼 따로 존재하고 떠다니는 것만 같았다.

타슈켄트 지하철 개찰구 앞. 낮은 조도의 불빛아래 묵직한 카키색의 긴 제복을 차려입고 짐 검사를 하는 역무원들의 모습이 곧바로 눈에 포착된다. 공기를 누르는 묵직한 분위기, 어두컴컴한 조명, 칼 각 잡힌 모자와 제복, 가방 검색대. 문득 내 머릿속엔 붉은 혁명 동지들이 앉아있는 낡고 위험천만한 취조실이 떠오른다. 나는 지금 어디에 있는 걸까?

지하철 안에서는 프랑스 도시 툴루즈의 냄새가 났다. 그 냄새의 기억은 순식간에 나를 자유분방함으로, 태양이 쏟아지는 무한한 세계로 소환하여 주었다. 프랑스 툴루즈에 살던 그는 북아프리카 튀니지 출신의 동료 무용수였다. 우리는 작업을 함께 하며 꽤 많이 친해졌는데, 그의 방안에서 늘 흘러나오던 음악은 움켜쥘 수 없고, 예측할 수 없는 그의 본연처럼, 그만의 다채롭고도 고유한 감성과 예술적 영감을 드러내주는 어떤 손짓이었다. 갓 구운 신선한 빵오쇼콜라를 팔던 그의 집 앞 빵집, 하루 종일 음악을 듣고 춤을 추고 삶을 이야기했던 그 친구와의 시간들… 그의 정련되지 않은 자유로움, 거칠고 야성적인 춤 스타일. 은둔자 혹은 반항

아같이 자유분방하고 신비스러운 그의 분위기를 좋아했다. 입가에 부드러운 미소가 피어올랐다가 졌다. 현재로 다시 돌아온 내 눈앞에는 골똘히 생각에 잠겨있거나 무심히 바깥을 바라보는 이곳 사람들이 있었다.

중앙아시아 최대 규모의 바자르라는 초르수 시장(Chorsu Bazaar)에 왔다. 파란 돔 모양의 내부 중앙건물 밖으로 온통 가게가 즐비했다. 알록달록 빛깔 좋은 풍성한 과일들을 파는 가게들이 길 양옆으로 늘어선 가운데 여기저기서 물건을 사고팔며 흥정하는 목소리와 사람들의 분주한 발길이 빗속에 뒤섞였다. 동그란 돔의 내부로 들어서니 약간 후덥지근한 열기가 덮쳐왔다. 정육점이나 창고 같은 곳에서 날 것 같은 냄새가 났고, 웅성대는 소리들이 돔 안에 메아리치듯 울리고 있었다. 턱턱 거칠게 썰린 정체모를 고기 부위들과 색색의 다채로운 반찬들과 온갖 식자재들이 1층을 빼곡히 메우고 있었고, 2층에는 다양한 견과류와 말린 과일류가 주를

이루고 있었다. 특별히 사야 할 것도, 사고 싶은
것도 없었다. 무채색처럼 그저 관조하며 떠다
닐 뿐이었다. 삶의 리얼리티가 쏟아지는 이 생
생한 현장에서도.

중앙아시아 최대 규모의 바자르, 초르수 시장.
턱턱 거칠게 썰린 정체모를 고기 부위들과 색색의 다채로운
반찬들과 온갖 식자재들이 1층을 빼곡히 메우고 있었고,
2층에는 다양한 견과류와 말린 과일류가 주를 이루고 있었다.
특별히 사야 할 것도, 사고 싶은 것도 없었다.
무채색처럼 그저 관조하며 떠다닐 뿐이었다.
삶의 리얼리티가 쏟아지는 이 생생한 현장에서도.

　　시장을 나와 하즈라티 이맘 광장(Ensemble Hazrati Imam)을 향해 걸었다. 얼마쯤 걸었을까. 소탈하고 느린 동네풍경이 이어지더니 문득 눈앞에 그림 같은 광장이 모습을 드러냈다.

　　광막한 대지, 신성한 침묵, 이 세계 어디선가 갑자기 뚝 떨어져 나온 것 같은 모스크들. 특유의 아득하고 신비스러운 휘광에 휩싸인 광장이, 상상치도 못했던 무한한 풍광이 나에게 들이닥쳤을 때, 나는 도무지 이것을 내 머릿속 그 어떤 정보로도 해석하고 소화해낼 수가 없었다.

기도시간을 알리는 아잔소리가 첨탑에서 들려왔다.
지금 이 순간, 정말로 인생의 어떤 것도
전혀 문제될 게 없었다. 중요하지 않았다.

　　　그저 그 앞에 심장을 붙들린 듯 멈춰 서
서 완전히 압도되었다. 기도시간을 알리는 아
잔소리가 첨탑에서 들려왔다. 지금 내가 누군
지, 대체 나는 이 세계 어디에 있는 건지, 몇 시
인지도 지각되지 않았다. 나를 묵직하게 누르

던 고민조차 떠오르지 않았다. 지금 이 순간, 정말로 인생의 어떤 것도 전혀 문제될 게 없었다. 중요하지 않았다. 내 눈 앞에 펼쳐진 지금 이 세계만이 오직 그대로 전부이며 진실이었다. 눈물이 뜨겁게 올라왔다. 이걸로 나는 충분했다.

• 하즈라티 이맘 광장은 16-20세기에 걸쳐 세워진 역사 및 건축적 기념물이자 종교중심지이다. 세계에서 가장 오래된 이슬람 경전 코란 보관 및 전시되고 있다.

타인의 무대와
나의 무대

"앗살라무 알레이꿈! 공연 보려고요? 뭐
오늘 꺼 드릴까, 내일 꺼 드려?"

닫혀있던 매표소의 작은 창문이 빼꼼 열
리며 사람 좋아 보이는 한 직원 아주머니가 말
씀하셨다. 여기는 마치 동유럽 성 같이 웅장하
고 기품 있게 생긴 알리셰르 나보이 극장(Alisher
Nava'i Theater). 어제 여기에서 우즈벡 오페라 티
켓을 구매했다. 현대무용 공연이 있는지 살펴

보았지만 프로그램에는 온통 발레나 오페라 공연 일색이었다. 개인의 자유와 독창성을 충분히 발휘할 수 있는 다양하고 현대적인 형태의 공연예술에 대한 사회적 지원이나 기반, 개인적 사회적 인식의 토양이 아직은 이 땅에 그리 두텁게 확보되어 있지 않다는 느낌을 개인적으로 받았다.

내 좌석은 무대가 아주 잘 보이는 곳이었다. 극장은 공연을 보러 온 사람들로 곧 부산해지기 시작했다. 내 오른편에는 타이트한 스키니진에 육감적인 몸매를 드러낸 핫한 우즈벡

2015년 호주 멜번 SummerSalt festival 공연. 백스테이지에서

2017년 시댄스(서울세계무용축체) 공연, 리허설 중에

아가씨가 앉았고, 왼편에는 러시아 마트료쉬카
인형같이 생긴 어여쁜 우즈벡 소녀가 앉아 있
었다. 그리고 앞줄에는 약간 수다스러운 러시
아 아주머니 몇 분이서 벌써들 대화를 나누고
계셨다.

공연을 알리는 안내멘트가 우즈벡어로
흘러나왔다. 순간 나는 공연시작 전 무대 뒤편
에 가 있었다. 무대 뒤에서 대기할 때 들던 안내
방송. "이제 공연이 시작됩니다." 라는 마지막

안내멘트와 함께 온 극장의 조명은 꺼진다. 웅성대던 관객들의 소리가 급격히 잦아든다. 그리고 곧 무대가 열리는 소리, 조명기가 웅 울리는 진동 같은 소리들이 들린다. 무대 뒤 냄새, 어두운 가운데 보이는 동료의 까만 실루엣. 그럼 나는 무대 막 뒤에서 호흡을 하거나 몸을 탈탈 턴다. 전혀 떨지 않는 것처럼 보이는 동료들도 있었는데 나는 자주 긴장을 하곤 했다. 체력적으로 심하게 힘든 공연에 앞서서는 심적으로 매우 착잡해지기도 했다. 몸이 잘 받쳐주지 않는 날에는 오늘 공연을 무사히 버틸 수 있을까, 진짜 오늘 어떡하나 라는 생각부터, 집에 가고 싶다 등등 말도 안 되는 생각까지 했다. 우습지만 사실이었다.

그러나 막상 무대에 딱 올라서서 움직이기 시작하면 모든 걸 잊게 되었다. 어느 순간 나도 모르게 몸과 정신을 온전히 다 쏟아 붓게 되는 것이다. 그러나 항상 공연 시작은 그다지 유쾌하지만은 않은, 무대 뒤 낮은 진동 같은 긴장이었다. 공연시작 안내방송 하나로 내 생각은 그새 저만치 갔다 온다.

공연의 세세한 내용은 이해할 수 없었다. 심히 피상적인 수준의 공연감상이었지만, 화려하고 다채로운 우즈벡 전통의상, 배우들의 몸짓과 노래를 마음껏 감상할 수 있어서 매우 만족스럽고 즐거웠다. 조명이나 무대연출, 기술들도 손색이 없었다. 다만 노후한 극장의 문제인지, 부산스러운 객석 때문인지 배우들의 목소리나 오케스트라의 연주가 시원치 않게 들려서 좀 아쉬웠을 뿐이었다. 두 시간여의 공연이 끝나고 커튼콜에 모든 배우들이 다시 등장했다.

나는 두 시간동안 힘을 다하고 마음을 다해 연기하고 노래했던 공연자들을 바라보며 있는 힘껏 박수를 쳤다. 내 박수에 존경과 지지를 한껏 담아 보내본다. 저 무대에서 공연을 하기 위해 뒤에서 무수한 시간 피땀을 흘리며 자신의 소중한 열정과 온갖 에너지를 쏟아 부었을 저 공연자들의 리얼리티가 내게 생생하게 다가

왔다. 그들이 오늘 이 무대에서 아낌없이 쏟아 준 열정과 헌신, 진실성은 무엇보다도 소중하고 귀한 것이었다. 지금 저 무대라는 단면으로 드러나는 이면에 첩첩이 깔린 그들의 열정과 헌신에 나는 감사하고 감동했다. 자신의 열정을 지속적으로 따라가는 것, 아름답다. 온 극장에 온 세상에 박수세례가 파도처럼 쏟아져 내린다.

공연 때문에 한껏 고양된 정신으로 극장을 나섰다. 저만치 앞에 오페라를 관람했던 청년들의 무리가 보였다. 청년들은 아까 공연에서 흘러나왔던 노래를 부르는 것 같았다. 마치 자신이 배우가 된 것처럼 말이다. 노래하는 행색을 보아하니 오페라를 전공하고 있는 학생들 같았다. 아마 저 청년들의 선생님이나 선배가 공연에 출연했을지도 모를 일이다. 무용 공연장에도 비슷한 상황이 자주 연출되곤 한다. 출연자의 학교 선후배나 전공생들이 주로 무용 공연에 오는 것이다. 나도 예전에 학생 때 같이 무용하는 친구들과 함께 선생님 공연장에 자주 갔었다. 공연이 끝나고 극장에서 나오는 길을 따라 저렇게 걸으면서 우리들은 공연 이야기도 하고 춤 이야기도 하고 별 시답잖은 이야기들도 많이 나누곤 했었다.

그들의 푸르른 노래와 몸짓을 마주하는 이 순간이 참 좋았다. 가슴속에 있는 뜨거운 것. 그거 정말 귀하고 소중한 거라서. 가슴 뛰는 밤이 천천히 흐르고 있었다.

· 알리세르 나보이(1441-1501): 관료이자 시인, 하위 언어에 불과하다는 편견을 깨고 다수의 투르크계 백성들을 위해 자신의 생활 언어로 작품을 적었다. 배우기 힘든 아랍어와 페르시아어로 된 작품을 자신의 동포들이 이해할 수 없었기 때문에 그는 투르크어로 문학작품을 저술하엿다. 그의 작품들은 결과적으로 현재의 투르크 민족들이 자신의 모국어로 문학작품을 집필할 수 있는 토대가 되었다.
(우즈베키스탄의 역사, 성동기, p 138)

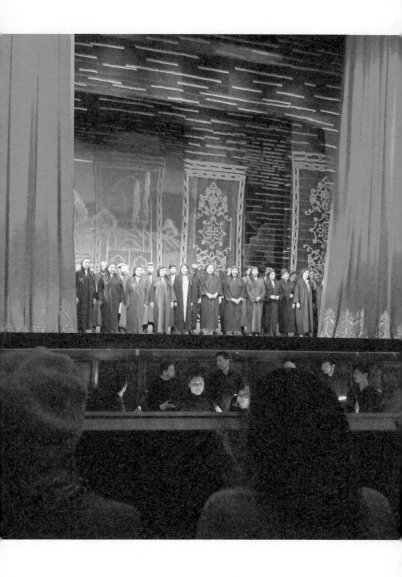

2부

다채로운

2인무

나는 왜
뿌리치지 못했을까

설레는 이른 아침, 타슈켄트 북역에서 사마르칸트 행 열차를 기다리는 중이다. 기차역 특유의 분주하고 들뜬 에너지가 공중에서 진동하고, 기분 좋은 백색소음이 공간을 채우고 있다. 아직은 쌀쌀한 아침, 입김이 살짝 나온다. 출발과 도착을 알리는 글자들이 전광판 화면에서 깜빡댄다.

약간 낡았지만 아주 건실해 보이는 사마

사마르칸트로 가는 길,
열차 길을 따라 내 마음도 덜컹덜컹 굴러간다.

르칸트 행 열차내부. 순식간에 나는 광활한 대
륙을 가로 지르는 시베리아 횡단열차의 낭만과
로망스를 상상한다. 이 열차를 타고서 하바롭
스크를 지나 이르쿠츠크에서 푸르고 눈부신 바
이칼 호수를 본 다음에 상트뻬쩨르부르크까지
쭉 여행하는 꿈을! 얼마나 환상적일까.

좌석은 2인 또는 4인이 테이블을 가운데 놓고 서로를 마주보도록 배치되어 있었다. 2인 좌석과 4인 좌석이 칸막이로 분리되어 있었고, 칸막이에는 살뜰하게 여닫이문도 있었다. 대륙의 열차를 타고 사마르칸트로 출발한다. 쉬익쉬익 열차가 달리기 시작했고, 열차 길을 따라 내 마음도 덜컹덜컹 굴러간다.

태양 볕이 차창을 통해 기차를 달구기 시작했다. 얄짤없는 직사광선이 사정없이 내리쬐었고, 열을 그대로 받은 머리와 얼굴은 금세 뜨거워져서 따끔따끔대었다. 태양이 얼마나 강한지 도무지 눈을 뜨고 밖을 바라볼 수가 없었다. 대륙열차의 낭만은 사정없이 후두리는 사막 땡볕에 맥도 못 추고 온데간데 사라졌다. 중간중간 역에서 들어오셨는지 커피나 차, 빵과 과일을 파는 상인들이 소리를 내며 기차 안을 분주히 돌아다니고 있었다. 나는 잠에 취한건지 아니면 태양 볕으로 인한 현기증 때문인지 정신이 희미해졌다. 꿈같이 아득하게 들려오는 열차소리. 감미롭고도 아찔한 나른함이 몸을 감싼다. 나는 여기, 머나먼 땅.

"안녕하세요!"

생애 최초로 발을 디디는 이 낯선 곳, 어디로 가야할지 막막함과 약간의 고독감에 휩싸이려던 찰나, 저쪽에서 페르시아 계통인 듯 약간 진한 얼굴을 한 택시기사님이 사람 좋은 얼굴을 하고서 내게 다가오셨다. 자연스러운 한국말로 우리 동네 어르신처럼 다가오는 기사님께 나도 모르게 아이고 안녕하시냐고 꾸벅 허리를 굽혀 인사를 올렸다. 그때부터 기사님은 내게 우즈벡 기사님이 아니라, 한국 어르신이었다. 대전 해찬들 공장에서 20년간 일하고 돌아오셨다는 기사님은 내게 사원증까지 떡하니 내밀어

보여주셨다. 나의 고향, 대전. 아니, 이 어르신이 대전에 계시다 오셨다는데… 참으로 충동적이게도, 비이성적이게도 덥석 택시에 타버렸다.

낮고 자그마한 집과 건물들이 가지런히 늘어선 황토색 사막도시 사마르칸트. 차창을 스쳐지나가는 이국적 배경을 바탕으로, 너무도 진한 얼굴을 한 우즈벡 기사님이 본인의 한국 경험담을 침까지 튀기시며, 한국적 정서와 문화가 흠씬 배어나오는 한국말로 늘어놓는 이 장면이 매우 모순적이면서 오묘했다. 대체 여기가 어디란 말인가.

한국보다는 약간 더 뜨거운 태양, 손바닥이 퍼석거리는 쌀쌀하고 건조한 날씨. 낯선 곳을 찾아오느라 긴장했던 몸은 아저씨의 한국말 앞에 뭉근하게 풀어지고 있었다. 알싸한 취기 같은 노곤함이 밀려들었다.

"사마르칸트는 유적들이 흩어져 있어서 걸어서 못 가요. 택시로 이동해야 하는데 유적

지마다 이동할 때 택
시요금 많이 나와요.
괜찮다면 내가 택시
로 가이드 해줄 수 있
어요. 50달러에 하루
종일 같이 돌아다니
는 거 에요. 어때요?
아 진짜 걸어서는 못
본다니까."

숙소에 다다를 무렵, 아저씨가 부리부리
한 큰 눈으로 말씀하셨다. 하아… 나는 왜 그 때
뿌리치지 못했을까!

'나는 지금 호갱 당한 게 아니야. 지극히
합리적인 선택이었어.'

택시아저씨가 동네 빵 맛집에서 사주신
리뾰쉬카(우즈벡어로 '논'이라고 불리는 주식빵)와 솜싸(고
기나 감자를 넣어 만든 빵)를 입에 넣으며 주문인지 최

조키르 아저씨의 동그란 등, 구르 아미르에서

면인지 모를 것들을 속으로 읊조린다. 맛있는 음식으로 배를 뜨듯하게 채웠더니 아저씨에 대한 불신이나 나 자신에 대한 의심도 누그러지는 기분이 되었다. 고작 한 조각 빵에 무릎 꿇는 내 자신이 좀 우스웠지만, 어쩔 수 없다.

구르 아미르(Gur-e Amir), 아무르티무르 묘지에 왔다. '구르'는 묘, '아미르'는 지배자라는 뜻으로 지배자의 묘지라는 뜻이다. 1403년~1404년 티무르가 자신의 손자 무함마드 술탄이 이란에서 죽은 것을 추도하기 위해 지었다는데, 티무르자신도 1405년 명나라를 정벌하기 위해 떠나던 중 병사하여 이곳에 수장되었단다.

벽면과 천정을 빼곡하게 메우는 섬세한 문양들, 번쩍이는 황금빛과 신비스런 푸른빛의 향연이 눈앞에 물결처럼 펼쳐졌다. 나는 크게 감탄할 수밖에 없었다. 목을 위로 90도로 꺾어야 간신히 볼 수 있는 천정은 하늘에 닿을 만큼 높이 솟아있었다. 그 당시에 이런 풍부한 예술적 감각에 이렇게나 정밀하고 과학적인 기술력까지 보유하고 있었다니! 표현하고자 하는 인간의 의지, 그리고 그 표현의 고유성과 탁월성에 나는 넋을 잃고 압도되었다.

아프랍시압(Afrasiab) 박물관으로 가는 길에는 칭기즈칸에 의해 파괴되기 전까지 옛날 사마르칸트가 있었다던 나지막한 아프랍시압 언덕이 펼쳐졌다. 박물관은 이 언덕에서 발굴한 고고학유물들을 전시하고 있었다. 사마르칸트는 중앙아시아에서 가장 오래된 도시로 기원전 5세기부터 역사를 간직하고 있단다. 사마르칸트 귀족의 저택 벽을 장식했다던 7세기 아프라시압 벽화의 오른쪽 끝엔 상투머리에 새의 깃을 꽂은 조우관을 쓴 고구려 사신이 보였다.

"우리는 시간이 없어요. 다른 곳도 보러 빨리 가야 해요!"

혼자 시간을 갖고 천천히 둘러보려던 그때, 난데없이 뒤에서 아저씨가 말씀하신다. 그저 벽화를 영접했다는 지극히 피상적인 사실하나로 감상을 끝내야 한다니. 아저씨는 나를 소 몰 듯이 무자비하게 몰아가고, 나는 아저씨한테 끌려 다니고 있었다. 고삐를 따라 질질질.

하지만 이왕 이렇게 된 거 어쩌겠는가. 이 경험을 나름대로 의미 있게 만들어야 하지 않겠는가. 사실 아저씨는 생업을 위해 당연히 해야 할 일을 하신 것뿐이다. 그게 비록 이곳에

아프라시압 벽화 앞에서
아저씨는 나를 소 몰 듯이 무자비하게 몰아가고

처음 오는 여행자들을 대상으로 하는 약간의 거짓말과 심리전, 온화하고 푸근하지만 사실은 비정하기도 한 겹겹의 얼굴을 포함한다 할지라도. 아무튼 선택은 내가 한 것이었다.

아저씨와 나는 티무르 왕이 사랑하는 왕비를 위해 건축했다는 비비하눔 모스크(Bibi-Khanum Mosque)에 왔다. 바빌론의 네브카드네자르 2세도 왕비 아미티스를 위해서 사막의 땅 한가운데에 꽃과 분수가 넘치는 아름다운 공중정원을 건설했건만, 아무튼 피도 눈물도 없을 것 같은 대제국의 대쪽 같은 왕들도 여인 앞에서는 속절없이 무너지고 부드러워졌던 것처럼 보인다. 진실은 알 수 없다. 진짜로 그들이 사랑꾼이었을지, 폭군이었을지, 명군이었을지, 정치꾼이었을지. 게다가 그 진실이라 할 것도 사실은 언제나 상대적인 것일 뿐.

비비하눔 모스크 바로 옆은 시압바자르(Siab Bazaar)로 이어졌는데, 아저씨는 나를 상점 곳곳으로 데려갔다. 이것저것 먹어보라며 내게

계속 주시는데 내가 너무 예민한 건지 나는 은
근한 구매 압박을 느꼈다. 견과류 스니커즈 같
은 우즈베키스탄 전통 디저트인 할바를 파는
가게에 다다랐다. 아저씨는 할바 상인 부부를
본인의 친척들이라고 나에게 소개해주었다. 아
마도 아저씨는 "이슬람 종교문화권의 가족과
친척"의 개념으로 내게 그렇게 소개했던 것 같

다. 하지만 그 당시 매우 진지했던 나는 말 그대로 피를 나눈 혈족인 친척으로 받아들였다. 안 그래도 아저씨의 가이드 사업을 생각해서 아저씨가 소개해주는 가게에서 무언가 하나쯤 사드리려고 했었는데, 아저씨의 친척분이시라니 마침 아주 잘됐다 생각했다. 사실 지금 돌이켜보면 외국인인 나를 두고 서로의 비즈니스를 상생 도모하는 여러 자리들 중 하나였을 뿐이었는데….

와장창 할바 무더기를 샀다. 비싸다는 걸 알고도. 거절해도 되는데, 나는 거절하지 못했다. 또 한번.

• 아미르 티무르: 14세기 전반에 걸쳐 중앙아시아를 지배한 아미르 티무르(1336~1405)는 폐허가 된 사마르칸트를 일으켜 대제국을 건설했다. 칭기즈칸의 후예를 자처하며 수도 사마르칸트를 중심으로 30년간의 정복전쟁을 벌여 지금의 지중해 지역부터 서아시아, 인도, 중국, 러시아 일부를 정복했다. 실크로드에 큰 관심을 가진 티무르는 대상들을 위한 숙소와 보호소를 곳곳에 설치하고 무역 활동을 장려했다. 그리하여 몽골의 멸망으로 주춤했던 실크로드 오아시스 육로가 그 기능을 회복하게 되었다. 티무르는 타문화를 적극 수용하여 정복지의 우수한 건축가나 기술자, 장인들을 우대했고, 그들을

수도 사마르칸트로 불러들였다. 시리아 등지에서 유행했던 돔 건축양식을 받아들여 티무르 자신이 좋아하던 청색으로 채색하도록 했다. 그로인해 사마르칸트는 '푸른 도시' '이슬람 세계의 보석' '동방의 진주'라는 찬사를 받게 되었으며, 세계에서 가장 화려한 도시 중 하나가 되었다.

1991년 구소련의 신생 독립국 우즈베키스탄은 과거 소련의 역사를 지우며 다민족 국민들을 결집시키고 자부심을 고취시키기 위해 의도적으로 역사 속 아미르 티무르를 부활시켰다. 이후 아미르 티무르는 우즈벡에서 국부로 추앙받게 되었다.

(출처: 법보신문, 2019년 7월 22일자)

비비하눔 모스크

레기스탄, 눈앞에
생생하게 피어오른 신기루

최근에 지어졌다는 복합쇼핑단지 실크로드 사마르칸트(Silk road Samarkand)에 왔을 때, 나는 무척 피곤했다. 하지만 50달러가 아깝지 않아야 했기에 두 주먹을 불끈 쥐고 어금니를 깨물었다. 나는 해야 한다. 나는 할 수 있다···. 날이 금세 어둑어둑해졌고 말끔하게 정비된 단지 곳곳에 조명이 하나둘씩 들어오기 시작했다.

지금은 마법적인 시간. 내 눈 앞에는 작은 호수를 가로질러 놓인 하얀 돌다리, 유혹하는 듯 황금빛으로 넘실대는 신비스러운 성이 펼쳐져 있었다. 저것은 고대 페르시아의 바빌론 이슈타르문인가? 내가 지금 아라비안 나이트 속에 들어온 건가? 저 성문 안으로 들어가면 매혹적인 이국언어가 귓전을 채울 것이며, 터

번을 쓴 진한 얼굴의 상인들과 낙타가 나를 맞아줄 것 같다. 알라딘이 카펫을 타고 날아다닐 것 같은 아득하고 신비로운 분위기. 나는 환상적이고 몽환적인 정취에 사정없이 녹아든다.

성문 안쪽으로 들어서자 아라베스크 문양으로 빽빽하게 장식된 돔과 미나렛(첨탑), 크고 작은 건물들이 온통 황금빛과 푸른빛으로 넘실대고 있었다. 귓가에는 아득한 중동아랍의 향수를 소환하는 음악이 흔들리는 깃발처럼 일렁였다. 작은 길 곳곳에는 고급식당들과 개성 있고 감성적인 기념품 가게들이 들어서서 로맨틱한 분위기를 흠씬 풍기고 있었다. 아… 나도 사랑하는 이와 이런데서 데이트라는 것을 좀 하고 싶다. 여기에서 데이트하면 날 잡을 수도 있겠다. 하지만 날 잡고 싶은 '그이'는 내 옆에 없다. 대신 번쩍이는 금니를 드러내며 능구렁이처럼 웃고 계시는 택시 아저씨만 있을 뿐. 괜찮다. 이런들 어떠하며 저런들 어떠하리. 만수산 드렁칡이 얽어진 듯 그야말로 뭐 어떠하리….

아저씨와의 투어 마지막 장소. 사마르칸트의 백미인 레기스탄(Registan) 광장에 도착했다. 눈앞이 아찔하리만큼 광활한 광장에 거대한 세 개의 신학교가 위용을 떨치고 당당하게 서 있었다. 레기스탄은 '모래땅'이란 뜻으로 옛날에 이곳은 모래로 뒤덮인 사막이었단다. 여기에서 왕의 알현식 등 각종 모임이 열렸는데, 티무르 시대에는 대규모 시장이 있었다고 한다.

아… 순식간에 말문이 막혀버렸다. 압도적인 아름다움에 언어도 잃고 인식도 잃었다. 멍해질 뿐이었다. 꿈인지 현실인지 진짜인지 도무지 구분이 가지 않는다. 이것은 비현실적이고 완벽한 꿈의 세계, 한 폭의 그림, 손을 뻗으면 잡을 수 있을까? 눈앞에 생생하게 아른거리는 신기루.

나는 지금 대체 이 세계 어디에 존재하고 있는 걸까? 꿈에, 마법에 완전히 홀려버렸다. 이 감미로운 환상 속에서 깨어나고 싶지 않다.

눈앞에 생생하게 아른거리는 신기루.
나는 지금 대체 이 세계 어디에 존재하고 있는 걸까?
꿈에, 마법에 완전히 홀려버렸다.
이 감미로운 환상 속에서 깨어나고 싶지 않다.

Hello stranger,
낯선 그와 봄날의 춤

2월 중순 사마르칸트는 벌써 태양 볕이 뜨겁다. 숙소가 있는 작은 골목을 빠져나오니, 일상을 시작하는 이곳 사람들의 활기가 동네방네 가득하다. 학교 가는 소년소녀들, 수레에 첩첩이 쌓아올린 빵을 파는 상인, 과일노점상 앞에 모인 사람들. 여기서는 고대 페르시아인 계열의 유목민족인 소그드인의 진한 얼굴이 많이 보인다.

여기는 정갈하고 아담한 황토빛 사막도

시. 도로 위를 달리는 차 뒤로는 한바탕 모래바람이 춤춘다. 자동차 경적소리, 사람들의 대화소리와 발걸음 소리가 내 귓전에 신선하게 들려온다. 여행자의 마음은 두근거린다.

맑은 태양 아래 드넓고 푸르른 레기스탄 광장을 보니 내 마음도 활짝 트이는 것 같다. 신학교 벽은 주황, 초록, 파랑, 노랑 색깔의 기하학적 문양과 아름다운 서체의 아랍글자로 빼곡하게 장식되어 있었다. 세밀하고 섬세한 예술적 감성이 청정하고 청아한 느낌으로 다가온다. 신학교 안쪽에는 사각형으로 빙 둘레 지어진 네모난 마당이 있었는데 그 주위로는 기념품 가게들이나 작은 박물관이 들어서 있었다. 흙 계단을 따라 2층으로 올라가니 신학교 안쪽 풍경이 한눈에 들어왔다. 대화를 나누는 두 여인들, 한낮의 긴 오후시간이 무료하고 권태로운 듯 앉아있는 상인들, 그리고 나와 같은 여행자들도 보인다.

태양은 사선으로 조용히 신학교 안으로 들어와 있었다. 파랗고 높고 청명한 하늘, 찌르르 어디선가 간헐적으로 들리는 새소리. 나의 시간은 깊은 호수같이 잠잠하고 고요하게 흐른다.

　　"앗쌀라무 알레이꿈!"

　　알라딘인가 아니면 페르시아 왕자인가.
진한 얼굴을 한 잘생긴 청년이 어린애 같이 순
진한 미소를 띠고 내 앞에 서 있었다. 한국에서
일하고 싶어서 한국어를 공부하고 있다는 이
청년은 내게 서툰 한국말을 건네며 봄꽃처럼
수줍어했다. 우리는 서로의 언어를 이해할 수

없었기에 번역기에 의지한 채 어찌저찌 대화를
이어가고 있었다.

"도와드릴까요?"

어디선가 혜성처럼 나타난 남자. 그는 우
리 둘 사이에서 영어와 우즈벡어로 통역을 해
주기 시작했다. 정체모를 이 남자에게는 성숙
함과 섹시함 그리고 약간의 마초적인 매력이
오묘하게 뒤섞여있었다. 마치 영국배우 톰 하
디를 닮았다. 누구냐 넌.

그의 영어에 러시아식 억양과 발음이 묻
어났고, 그것은 내게 무척 매혹적으로 들렸다.
그는 '안드레이'나 '이반'을 떠올리게 하는 전형
적인 금발 러시아 남자는 아니다. 대체 이 묘령
의 매력적인 남자는 어디에서 온 것일까. 아찔
해지고 혼미해지는 정신을 붙들어 매야 했다.
체면이 있지 이래서든 아니 되었다. 페르시아
왕자 청년이 떠나고 난 자리에서 그가 말한다.

"러시아 쌍트뻬쩨르부르크에 사는데 오랜만에 고향에 휴가 왔어요. 사마르칸트에서 태어났는데 십대 때부터 혼자 러시아에 가서 쭉 살았거든요. 지금은 거의 러시아사람이죠 뭐. 우즈벡어도 이제 많이 까먹어서 서툴러요. 그래서 아까 통역할 때 힘들었네요. 하하하…."

그가 배고프다며 같이 밥을 먹으러 가자고 했다. 나는 최대한 절제력을 발휘하여 그러자고 무심한 듯 부드럽게 답하였다. 처신을 좀 잘한 것 같은데? 하고 속으로 생각하는 유치함에 웃음이 피식 새어나온다.

"한국에서 무슨 일해요? 우즈베키스탄은 어떻게 혼자 올 생각을 다 했어요?"

"춤춰요. 이제는 지쳤어요. 아무것도 하고 싶지 않아요. 어떻게 살아야 할지도 모르겠고요. 그냥 다 내던져놓고 있을 뿐이에요. 그냥 지금 여기 있는 게 좋아요." (이 말을 하면서 나는 하마터면 울 뻔했다.)

"지금 좋다면 그걸로 된 거죠. 문제 될 게 있나요? 이 순간을 만끽하세요."

그의 말이 여행의 환상을 불러일으키는 전형적인 대사 같다고 생각했다. 동시에 내 삶과 일상을 채우는 실제적이고 구체적인 것들에 대해 잘 알지도 못하고, 관심도 없으면서 그저 쉽게 던지는 무성의한 답변 같다고도 생각했다. 그래서 약간 냉소적인 마음이 될 뻔했다. 하지만 그 짧막한 상황에서 삶의 진실을 논할 바도 아니었고, 그의 말의 무게가 껍데기 같은 가벼움은 아니었다. 게다가 중요한 건 그는 낯선 남자였다, 그것도 무척이나 아름다운.

우리는 외관이 꽤 깔끔하고 고급스러운 한 우즈벡 식당에 들어왔다. 이국적 분위기, 테이블 위 맛있는 음식, 그리고 내 눈앞에 앉아있는 매력적인 한 남자. "Hello, stranger." 드디어 내게도 봄날이 온다.

그는 나와 같은 84년생이었다. 그는 이

미 결혼을 했고, 한 번의 이혼을 했으며 어린 아들도 있었다. 그래 맞다. 내 나이라면 결혼도 하고 자식도 있을법한 그런 나이다. 새삼 내가 얼마나 현실세계와 동떨어져 있는지 잠시 아득한 기분이 되었다. 왜 남자친구가 없냐는 그의 질문에 "하… 이놈의 정신머리 때문에." 라고 손가락으로 머리를 가리키며 진지하게 답했다. 그가 빵 터져서 웃었다. 나는 의아하고 혼란스러웠을 뿐이다.

우리는 무작정 걸었다. 그가 나에게 어디로 가는 거냐고 물었다. 나는 모른다고, 걷고 싶은 대로, 걸어지는 대로 걸을 뿐이라고 말했다. 그가 "하라쇼! (좋아)" 라고 말했다. 즐거웠다. 그와 함께 있어서. 그리고 그건 그도 마찬가지라는 걸 나는 알 수 있었다.

사마르칸트, 어딘지 모를 이국의 거리. 신선한 저녁바람이 몸을 스쳐지나가고, 길거리의 네온사인에는 하나둘씩 불이 들어오고 있었다. 길 위엔 자동차 소리와 사람들 소리가 섞여 부스럭대었다. 그의 오묘한 향수냄새가 나에게 훅 끼얹혀지듯 들어왔고, 나는 무척 감상적이고 로맨틱한 상태가 되었다. 우리가 처음 만났던 레기스탄 광장으로 다시 돌아왔을 때에는 이미 어둠이 짙게 깔린 늦은 밤이었다. 택시를 타러 건너편으로 가던 그가 돌연 멈춰 서서 뒤돌아 소리친다.

"내일도 같이 밥 먹으러 갈래? 너 내일도 여기 있으면."

그럴 수 있을까? 그와 헤어진 뒤, 길은 갑자기 어둑해지고 조용하고 쓸쓸해졌다. 쿨하려 했지만 나는 좀 취약해지고 외로워졌다. 그가 계속 생각났다. 내일 출발하는 부하라 행 기차표를 바라보며 나는 생각에 잠겼다.

내 삶과 그의 삶의 한 지점이 우연히 이곳에서 교차하게 되었다. 특별히 꾸미거나 노력하지 않은 채, 나는 원래 모습 그대로 자연스럽게 열리고 풀어졌다. 즉흥적으로 하루 종일 그와 함께 시간을 보내며 나는 시간이 가는 줄도 몰랐다. 얼마만일까. 사실 시간이 흐르면서 나는 연애나 사랑에 딱히 기대를 갖지 않게 되었다. 나의 에고 때문이었을까? 그동안 몇 번 기회가 있었지만 단 한 번도 단단하고 지속적인 관계를 맺지 못했고, 남자인간과 정신적으로 깊고 온전한 교감을 나누지 못했다. 연애와 감정이란 것은 불같이 폭풍같이 잠시잠깐 빨갛고 험하게 일어나서 내 존재를 마구 어지럽게 흔들어놓았다가 결국은 덧없이 끝나버렸다. 물리적, 정신적 에너지를 소진하며 폭풍 속에 있기 보다는, 호수처럼 고요한 나만의 세계로 들어가서 춤추는 것이 훨씬 나았다. 춤은 내게 이 세상 어떤 것도 줄 수 없는 깊은 황홀감과 충만감을 주니까. 비록 가끔 외롭더라도 괜찮았다. 그냥 좀 참으면 되었다. 어차피 외로움이라는 감정의 파도는 곧 지나갈 것임을 알기에.

가지말까?
부하라로 떠나는 기차표를 보면서 확 취소해버릴까 라는
생각을 한다. 그는 너무 아름다우니까. 그러나 거부할 수 없는
운명의 충동은 아니다. 나는 여전히 찾고자 하는
그 어떤 것을 찾지 못하고 있다 라는 막연히 알 수 없는
느낌 속에 있었고, 완전히 예열되어 몸과 정신이
열린 상태가 아니었다.
모든 것이 애매하고 어수선한 상태였다.

가지말까? 부하라로 떠나는 기차표를 보면서 확 취소해버릴까 라는 생각을 한다. 그는 너무 아름다우니까. 그러나 거부할 수 없는 운명의 충동은 아니다. 나는 여전히 찾고자 하는 그 어떤 것을 찾지 못하고 있다 라는 막연히 알 수 없는 느낌 속에 있었고, 충분히 예열되어 몸과 정신이 완전히 열린 상태가 아직은 아니었다. 모든 것이 애매하고 어수선한 상태였다.

나는 아직 시간이 필요한가보다. 이게 우리의 인연인가보다. 우리가 인연이라면 언젠가 또다시 만나게 되겠지. 바지런히 짐을 싼다. 불현 듯 인생의 한 지점에서 만난 우리의 시간을 꾹꾹 눌러 접어가며.

그렁그렁
차오르는 눈물

부하라로 향하는 열차 안, 오후의 태양은 뜨겁게 내리쬐고 있었다. 건조하고 뜨거워진 공기 때문에 나는 무척 나른했다. 기차의 중간복도를 빠르게 휘저으며 간식을 파는 상인들이 신선한 공기를 주입하고 있었다. 얼마쯤 달렸을까. 열차는 드디어 부하라에 도착했다.

우르르 내리는 사람들을 따라서 역에서 빠져나온다. 맹렬하게 달려드는 호객 택시기사님들 사이도 이제는 잘 뚫고 지나친다. 이제 택시를 불러 숙소로 이동하면 되었다. 그러나 어쩐지 아까부터 저쪽 땡볕에서 말없이 나를 바라보며 기다리고 있는 듯한 택시기사님이 애잔하게 느껴지는 것이었다.

"얀덱스 앱에서는 이 정도의 예상 가격이 나와요. 기사님이 같은 가격에 해주시면 기사님 택시를 탈게요."

택시 앱과 같은 가격에 해주시는 걸로 기사님께 확답을 받고 택시에 올라탔다. 숙소 주소를 따로 입력하지도 않은 채, 주위의 다른 택시 기사님들께 물어물어 가시려는 모양이 약간 불안했지만, 기사님은 숙소로 데려다 줄 테니 절대로 걱정 말라고 하셨다. 기사님은 가는 길에 갑자기 마트에서 장보고 나오는 본인의 어머님을 잠시 태우셨다가 어딘가에 내려주시기도 하셨다. 그렇게 얼떨결에 기사님의 어머님도 뵙고, 어머님과 간단한 대화도 나누었다. 30

대 정도로 보이는 이 젊은 택시기사님은 상냥한 얼굴을 하고 영어로 혹은 러시아어로 내게 이런 저런 질문들을 하셨다. 금세 또다시 낯선 도시에 대한 긴장감이 사그라들고 있었다.

기사님이 숙소에 도착했다고 했고, 나는 준비해둔 택시비를 기사님께 두 손으로 고이 드렸다. 이 싸한 느낌. 그 순간 직감적으로 알았다. 뭔가 일이 벌어질 것임을. 그러나 여태껏 오는 동안 이렇게 상냥한 기사님이 본인의 어머님까지 대면한 내게 설마 바가지를 씌울 리는 없으리라 생각했다.

"허허. 이건 아니지. 지금 얼마를 달려왔는데 이걸 택시비라고 내시나."

기사님의 상냥했던 얼굴은 순식간에 싹 사라지고 없었고, 비열하고 냉혹하면서도 약간의 조롱이 섞인 얼굴이 쑥 나왔다. 아… 속았다. 이 얼굴이 진짜 얼굴이었구나. 기사님은 처음 합의한 금액의 배가 넘는 택시비를 너무도 당당하고 뻔뻔하게 요구하셨다. 어떻게 이렇게 거짓말을 할 수 있는지 나의 미련함과 기사님에 대한 배신감에 온몸이 덜덜덜 떨렸다.

"내 차는 일반택시도 아니고, 컴포트 택시(모범택시 격)라고! 알긴 알아?!"

울분을 최대한 가라앉히려고 했지만 이미 내 말은 떨리는 속사포 같았고 목소리는 한껏 격앙되어 있었다. 방금까지 영어로 잘만 말씀하시던 기사님은 갑자기 영어가 머릿속에서 아예 사라졌는지 도저히 못 알아먹겠다는 표정을 짓는다. 돈을 안주면 안가겠다고 버티며 러시아어로 내게 고함을 쳤다.

길가에서 기사님과 옥신각신 실랑이를 한참 벌이는 와중에, 경찰로 보이는 한 분이 다가오셨다. (우즈베키스탄에서는 공공장소 어디든지 대기하고 있는 경찰관들을 쉽게 볼 수 있다) 내가 영어로 자초지종을 설명하면 경찰관님이 중간에서 택시기사님과 이야기를 했다. 그럼 택시기사님은 본인이 더 황당하고 어이없다는 식의 제스처를 섞어가며 격하게 하소연했다.

"그 돈 드리면 되잖아요. 그래 다 가지세요."

그 기사님의 눈을 잠깐이지만 영원인 것처럼, 직접적으로 쑥 들여다보았다. 안 그래도 힘든 세상살이, 너덜너덜해진 내 몸과 정신은 한국이 아닌 여기에서도 뉘일 데가 없다. 배신감, 분노, 서러움, 나의 미련함 등 여러 복합적인 감정과 생각들이 속에서 뜨겁게 들끓었다. 사실 큰일도 아니고, 그저 여행지에서 종종 있을 법한 일이다. 그러려니 하고 무심하게 쿨하게 넘겨야 하는데 이미 턱 끝까지 차오른 눈물은 톡하면 곧 터질 것만 같았다.

별안간 무슨 심경의 변화인지 택시기사님은 원래 합의된 금액 언저리만 재빠르게 받아 가셨다. 난처하고 측은한 눈으로 나를 바라보는 경찰관님을 뒤로 하고 어딘지 모를 이 거리를 무작정 걸어 벗어난다. 그렁그렁 차오른 눈물이나 훔치며 훌쩍거리는 마흔 살 내 신세. 한심하고 처량하다. 여기에서도, 저기에서도.

　　'마흔'이면 좀 '어른'이어야 하는 것 아닌가? 사십이 되면 어른이 되어있을 줄 알았다. 사십이 되면 어느 정도 저명한 무용가, 예술가가 되어있을 줄 알았던 것처럼. 하지만 사십이 된 나는 그 어떤 사십에도 미치지 못했다. 저명한 무용가, 예술가는커녕 여행지에서 사기를 좀 당했다고 아이처럼 눈물이나 훔치고 앉아있는 사십이니까.

　　왜 이토록 나에게 사십이 거대하게 다가오는 걸까? 대체 어떤 마흔의 모습을 그리고 있었을까? 마흔의 '올바른', '바람직한' 모습이 무엇이었나? 그런데, 그런 것이 정말 따로 있을까? '마흔은 이러이러해야 해.'라는 생각이 어디에서 왔는가? 사실 다 내 생각에서 온 것이 아닌가. 내 임의대로 정해놓고 못 박아놓고 나

자신을 스스로 괴롭히고 있었던 게 아닌가. 사실 숫자와 나이에 부과된 절대적 규범과 법칙 같은 것은 없는데, 사실 서른아홉이든 마흔이든 마흔하나든 쉰이든 다 똑같을 뿐인데, 특별한 의미가 별도로 부여되는 건 없는데 말이다.

'마흔'이라면 '어른'이어야 하고, 경제적으로 사회적으로 '안정'되어야 하고, '인정'받아야

부하라 라비하우즈(Labi hovuz)
부하라는 유네스코 세계유산으로 지정된 도시로,
과거 실크로드의 교역 중심지로 번영하였다.
사막도시 부하라 중심부에는 과거 대상들이
낙타를 놓고 휴식을 취하던 카라반 사라이(숙소)
가 있었던 호수, 라비하우즈가 있다.
현재 라비하우즈 근처의 대상숙소들은
관광객들을 위한 카페나 레스토랑으로 개조되어
활용되고 있다.

하고, '성공'해야 한다. 그런데 정말로 그럴까?

　　하아… 태양도 뜨겁고 짐도 무겁다. 아까 기사님 왈, 바로 코앞이라던 나의 숙소는 여기에서 20분을 더 걸어가야 한단다. 아…. 다시 화가 났다. 택시를 잡아타서 숙소에 도착하는 이런 쉽고 사소한 일도 나에게만은 울퉁불퉁한 지금 이 모든 상황에. 아니, 사실은 '제대로 된 사십'이 되지 못한 나에게. 진실은 아직 희미하게 멀리 있었고, 나는 여전히 허우적대고 있었다. '제대로 된 사십'이라는 두터운 형상에서 완전히 벗어나지 못한 채.

3부

72%의

자유

봄내음을 싣고
온 사막 바람

　　뜨겁고 건조한 사막 땡볕, 구불구불 작은 골목길로 이어진 흙길을 따라 걷는다. 엷은 흙빛이 나는 이 도시는 무척 이국적이면서도 느리고 평화롭다. 얼마나 걸었을까. 숙소가 여기 어디쯤인 것 같은데, 명확한 위치가 지도에 제대로 잡히지 않았다. 아무리 봐도 숙소 간판 하나 없는 여기는 숙소가 있을만한 곳이 아닌 것 같았다. 군데군데 정리가 되지 않은 흙길바닥 위에 약간 낡고 오래된 가정집들만 들어서있는 곳이었다. 숙소 전화번호도 확인이 안 되고, 근처에 지나가는 사람도 없다. 쏟아지는 땡볕을 온몸으로 받으며 길 한복판에 대책 없이 서 있었다.

"안녕하세요!"

느닷없는 한국말에 깜짝 놀라서 뒤를 돌아보았다. 배꼽인사를 하며 서글서글 웃는 우즈벡 아저씨. 바로 숙소의 주인인 토히르씨였다. 토히르씨는 용케도 나를 잘도 찾으셨다. 토히르씨를 따라 어느 가정집 대문을 열고 들어섰다. 대문 안쪽으로 생각보다 넓은 공간이 안쪽으로 깊게 이어져 펼쳐져 있었다. 몇몇 공간들이 공사 중인지 잡다한 비품들과 가구들이 먼지를 뒤집어쓰고 널브러져 있었다. 숙소 안마당에는 큰 테이블과 소파가 비치되어 있었다. 마당의 한쪽 구석 흙밭에는 마구 헤집어진 흙덩이들이 덩어리져 있었고, 하늘엔 빨랫줄이 느슨하고 길게 누워 있었다. 평온하고 정겨운 분위기가 감도는 숙소풍경에 내 마음은 한결 가벼워졌다.

토히르씨가 숙소 곳곳을 설명해주신다. 아직 공사 중인 방들은 토히르씨의 손안에서 곧 간결한 손님방으로 탈바꿈 하게 될 터였다. 이 모든 작업들을 현재는 별다른 외부 도움 없이 토히르씨 혼자 도맡아서 하고 계시는 모양이다. 근 몇 년간 코로나 직격탄을 맞고, 현재도 관광비수기라서 작업에 필요한 비용이 넉넉지 않아 보였다. 자재들이 아무렇게나 널려있는 공간을 가리키며 의욕적으로 미소를 짓는 토히르씨의 얼굴에서 나는 현실의 무게감이 빠르고 미세하게 스쳐 지나감을 본다.

나는 여기서 표면만 들췄다 가는 여행자일 뿐이다. 이 땅에서 일상을 꾸려가는 이곳 사람들의 실제적 삶을, 밥벌이의 고됨을 나는 알 수 없을 것이다. 우즈벡에는 생계를 위해 조국을 떠나 한국, 미국, 러시아 등 외국으로 가려는 사람들이 매우 많다고 한다. 한국에서 몇 년 만 일하면 집도 사고 가족을 부양할만한 충분한 돈을 벌 수 있단다. 토히르씨도 여기에서 숙소를 운영하는 것보다 한국에서 일하는 편이 훨씬 더 좋은 방법이라고 말했다. 하지만 토히르씨는 나이 때문에 한국에서 일을 할 수가 없다고 했다. 토히르씨가 한국에 오려면, 결혼비자나 여행비자로 오는 수밖에 없다. 그러나 엄청난 액수의 통장잔고를 증명해야 하는 여행 비자는 언감생심 꿈도 못 꾼다고 했다.

늦은 저녁 시간. 숙소를 나서니 어둠이 와락 덮친다. 무슨 사람 사는 데가 이래도 되나 싶을 정도로 온통 까만 침묵과 어둠으로 뒤덮였다. 누가 쏟아놓고 갔는지 밤하늘에 반짝이는 무수한 별들은 손만 뻗으면 금세 닿을 것만 같다. 쏴아 – 부하라의 건조하고 가벼운 사막바람이 내 몸을 부스스 훑어 지나간다. 바람엔 봄내음이 났다.

쏴아 - 부하라의 건조하고 가벼운 사막바람이
내 몸을 부스스 훑어 지나간다. 바람엔 봄 내음이 났다.

저 멀리서 황금빛을 발하는 미나렛을 따
라 걷는다. 사막바람이 거셌다. 쌩쌩 지나가는
차들 뒤로 모래바람은 사정없이 춤을 추어댔
다. 적막한 어둠속에서 거대한 흙성이 불쑥 존
재를 드러냈을 때, 갑자기 나는 가슴도 막히고
말문도 막혔다. 부하라 아르크 성(Ark), 강렬한
마주침. 거센 파도처럼 들이닥치는 압도감에
나는 큰 충격을 받고 온몸이 마비되는 것만 같

았다. 다리에 힘이 풀려 그냥 콱 주저앉고 싶었다. 내 눈 앞에 보이는 저 존재가 물리적인 실체인지 아니면 내가 꿈을 꾸고 있는 건지, 지금 여기가 어디인지 또렷하게 분별할 수가 없었다. 현기증이 났다. 이 경이로운 혼돈 속에서.

웅웅웅. 귓가에 세차게 불어 닥치는 사막바람. 거침없는 야생성의 사막바람이 내 온 살을 압박하듯 누르고 훑으며 지나갈 때, 나는 내 육신 속에 있는 것 같기도 했고 육신을 벗어난 것 같기도 했다. 내 몸의 안팎 경계도, 나라는 존재의 경계도 이미 섞이고 확장 되어서 불명확해졌다. 나는 것 같은 가벼움과 황홀함. 나는 마치 하나의 떠다니는 순수의식이 된 것 같았다. 칠흑 같은 어둠속엔 광막한 성곽 터가 펼쳐지고, 영원하고 묵직한 존재의 위용을 내뿜는 성은 우뚝 서있다. 주체할 수 없는 무한하고 압도적인 감정이 폭발하듯 눈물로 터져 나온다. 지금 내가 어디에 있는지, 무슨 일을 하던 사람인지, 무슨 고민이나 했든지 간에 아무것도 생각나지 않고, 아무것도 중요하지 않다. 나는 마치 내가 누구인지조차 잊어버린 상태가 되었다. 대체 내가 정말 누구지? 시간감각도 없어지고 공간감각도 없어졌다. 이제 내 몸도 사라진 것 같았다. 오로지 지금, 영원하고 찰나적인 이 순간뿐이었다.

부하라 아르크 성

숨 막힐 듯 차오른
고독의 감탄

성 바로 맞은편에는 1712년에 지어졌다
는 볼로하우즈 모스크(Bolohovuz masjidi)가 서있
었다. 형이상학적 무늬들이 정교하게 조각된
여러 개의 오래된 나무기둥들이 지붕을 받치
고 있는 형태였다. 경건하면서도 베일에 싸인
듯 신비스러운 분위기를 자아내는 모스크. 곧
예배시간인지 이미 안에는 많은 사람들이 모
여 있었다. 행여 늦을까 부지런히 발걸음을 재
촉하는 무슬림들의 모습이 여기저기서 보였다.

자전거를 타고 오는 사람도 있고, 아들의 손을
다정하게 붙들고 오는 아버지도 보였다. 행여
늦을까 급히 예배당으로 달려오시며 옷매무새
를 정리하시던 무슬림 노신사 한 분도 예배당
안으로 쑥 들어가셨다.

예배당 입구에는 수많은 신발들이 각자의 생김새대로 격식 없이 흩어져 놓여 있었다. 예배하는 사람들을 한참동안 바라본다. 그저 멀찌감치 서서. 아직은 차가웠던 내 살과 피가 서서히 데워지고 있음을 나는 알아차린다,

모스크에서 눈을 돌려 황금빛 첨탑으로 향했다. 까만 밤하늘 속 우뚝 서서 빛나고 있는 첨탑, 바로 칼론 미나렛(Minaret of Kalon)이다. 천여 년 전에 건축된 이 첨탑은 높이 46미터로 중앙아시아에서 가장 높단다. 아… 이 엄청난 몸집과 밀도의 첨탑은 마치 블랙홀처럼 나를 빨아들일 것만 같았다. 심장이 쿵쾅거렸다. 내 몸은 압도감에 짓눌려 덜덜 전율하였다. 그 앞에 주저앉고 싶었고 엎드리고 싶었다. 아니 그러지 않으면 안 될 것 같았다. 그래야만 나를 옴짝달싹못하도록 무자비하게 압박하는 이 힘에서 풀려날 것 같았다. 존재를 통째로 삼켜버릴 것 같은 숙명적인 힘에 대항할 수 없다. 그 힘을 받아들이고 그 힘 속으로 기꺼이 들어가는 수밖에.

내 몸과 정신의 바탕이 완전히 비워지는 동시에
꽉 채워지는 것 같았다. 깊은 물속에 들어와 있었다.
사방은 온통 침묵이었다.
나는 헤아릴 수 없이, 너무나도 고독했다.
아아… 온몸에 꽉 들어찬 고독과 충일감의 묘한 뒤섞임.
이제야 숨통이 트이는 것 같다.
이 순간을 쥐어 손바닥 안에 잡아두고 싶다.

바닥에서부터 꼭대기까지 첨탑의 살결을 따라 올려다보았다. 첨탑에서 흘러나온 진한 황금빛이 주변을 온통 물들이고 있었다. 내 몸과 정신의 바탕이 완전히 비워지는 동시에 꽉 채워지는 것 같았다. 깊은 물속에 들어와 있었다. 사방은 온통 정적과 고요였다. 나는 헤아릴 수 없이 고독했다. 헤아릴 수 없이, 충만했다.

아아… 온몸에 꽉 들어찬 고독과 충일감의 묘한 뒤섞임이 희열과 환희가 되어 터져 나온다. 이 순간을 쥐어 손바닥 안에 잡아둘 수 있다면…! 내 깊은 속 어디엔가 두텁게 쌓여있던 막이 녹아내림을 감지하였다. 드디어 열리고 연결되기 시작했다, 막혀있던 길이. 나는 알았다, 이제 진짜 나의 여정이 시작된 것을, 이 여정과 진하게 진실하게 만나고 싶다. 내 속으로 이 여정 속으로 깊이 들어가고 싶다. 더 깊이, 더 깊이…

두려움을 뚫고 나온
작은 믿음

시간은 느슨하고 잠잠히 흐른다. 과거도, 미래도 오직 '지금, 여기'에선 별로 중요하지 않다. 현재는 마치 손으로 만질 수 있는 어떤 것처럼 내 안에서 무척 선명하고 생생하게 동시에 역동적으로 느껴진다.

"한결 얼굴이 좋아 보이네요. 진영선생님!"

태양이 뜨겁게 비추는 아침. 숙소 주인인

토히르씨가 내게 인사를 건넸을 때, 나의 얼굴엔 미소가 터져 나왔다. 그것은 즉각적이고 즉흥적인 반응이었다.

가볍고 경쾌한 나의 발걸음, 흙색 골목 사이사이엔 느리고 고요한 시간이 머물고 있었다. 구시가지의 인공연못 라비 하우스(Labi Hauz)를 지나 칼론 미나렛(Kalon Minaret)까지 걸었다. 조각구름 한 점 없이 파랗고 드높은 하늘엔 온화한 바람이 불었다. 별일이나 있나 싶을 정도로 무심하고 담담한 얼굴을 하고 있는 미나렛 앞에서 한국에 그대로 두고 온 나의 고민들을 펼쳐 놓는다.

'결국엔 길을 찾게 될 거야.'

두려워 할 것은 없다. 작은 믿음이 싹텄다. 숨을 깊게 들이마시고 내뱉을 때, 한 올의 근섬유조직 같은 긴장이 몸에서 풀려나간다.

얼마의 시간이 흘렀다. 나는 사실 요 며

조각구름 한 점 없이 파랗고 드높은
하늘엔 온화한 바람이 불었다.
별일이나 있나 싶을 정도로 무심하고
담담한 얼굴을 하고 있는 미나렛 앞에서
한국에 그대로 두고 온
나의 고민들을 펼쳐 놓는다.

칠간 이 고독한 혼자만의 시간 속에서 권태와 결핍을 느꼈다. 나는 이곳을 잠시 스쳐가는 이방인에 불과하다. 이러나저러나 결코 이 땅에 깊게 연루되고 뿌리내리지 못할, 표류나 할 뿐인 이방인. 표류자인 나는 절대 이곳을 진정으로 깊게 이해하지 못할 터이다. 이곳의 진짜 흙냄새와 사람냄새를 나는 모른다. 삶의 실상을, 삶의 현장을 나는 모른다. 얕은 표면 위를 떠다니고 있을 뿐. 뿌리를 깊게 내리고 서서, 이 땅의 두텁고 거친 흙을 만지고 싶다고 나는 생각한다.

정처 없는 가벼운 표류 속에서라면 온전히 자유롭고 온전히 만족스러울 거라 생각했다. 자유로운 표류, 깃털처럼 가벼운 삶을 그렇게도 갈망했건만, 막상 이 '자유와 표류의 장' 한복판에서 거친 흙냄새, 뜨거운 피와 살, 깊숙하고 진득한 연결, 굵직한 뿌리와 기반을 나는 갈망한다. 온전치 않다. 이래도 저래도 여기도 저기도. 내가 생각했던 표류와 자유는 온전하

고 순전한 것이었는데, 권태와 결핍이라는 예
상치 못한 얼굴에 맞닥뜨린 것이었다.

춤추는 굴리야의 얼굴, 그녀가 문득 생각
났다. 뜨거운 태양이 내리쬐던 한산하고 권태로
운 어느 날 오후, 이스마일 사마니(Ismail Samani)
영묘 바로 옆 작은 놀이공원 관람차 앞에서 그
녀를 처음 만났다. 그녀는 놀이공원 관람차에서
일하는 직원이었다. 갑자기 무슨 이유 때문이었
을까? 내가 관람차에 혼자 오르려던 그때, 그녀
는 난데없이 덥석 내 옆자리에 올라탔다. 어찌
하다보니 나는 그녀의 손에 이끌려 그녀의 친

춤추는 굴리야

척들이 일하는 놀이공원 내 작은 매점에서 밥 한 끼까지 얻어먹게 되었다. 그녀가 내게 물었다. 한국에서 무슨 일을 하냐고. 춤을 춘다고 그녀에게 말했다. 그러자 갑자기 그녀는 영감을 받은 듯이, 자기도 한 춤 한단다. 매우 즉흥적으

로 콧노래를 부르더니 몸을 살랑살랑 움직이는 것이었다. 바로 코앞에서 감상에 젖은 즉흥적인 몸짓이 펼쳐지니 나는 무척 어색하고 민망한 기분이 되었다. 너무  도 자유롭게 나비처럼 움직이는 놀이공원 관람차 직원, 그리고 그 앞에서 부끄러워서 어쩌지도 못하고 온몸이 결박당한 듯 꼼짝 못하고 있는 한 명의 무용인. 사막 같은 건조함과 권태로움, 무거움, 약간의 씁쓸함과 완고함도 묻어나는 그녀의 얼굴에서 활짝 피어났던 열림과 즉흥성, 가벼움, 자유로움.

"속박"과 "자유", "표류"와 "정박", 두 양극단의 개념이 선명하게 나누어지지 않는 실상. 두 개념이 구분 없이 섞여있는 실상. 혹시 이것이 아니었을까? 나도 모르게 내가 알고자

했던 것이, 나도 모르게 내가 필요로 했던 것이.
그래서 본능적으로 이 여행에 스스로 이끌려온
건 아닐까?

　　자유가 여기 있을까? 저기 있을까? 자유

892-907년에 축조된 이스마일 사마니(Ismail Samani) 영묘는
중앙아시아에서 가장 오래된 건축물중 하나라고 한다,

를 손에 쥐려고, 자유를 구하려고 찾아 나서던
내 모습. 나도 모르게 자유를 개념적으로 실체
화한 건 아니었을까? 찾고 잡을 수 있는, 외부
에 독립적으로 존재하는 어떤 뚜렷한 이상적
실체로써.

사실 '속박'과 '자유'는 만들어 붙여놓은
개념에 불과하다. 실상에서는 속박과 자유를
이분법으로 명확히 구분 짓고 분리시킬 수 없
다. 실상에서는 개념이 아닌 현상이 있을 뿐이
니까. 자유며 속박이며 구분 없이 한데 섞여 있
으니까. 그렇다면 내가 맞닥뜨린 권태와 결핍
이 실은 자유와 표류의 얼굴이기도 하지 않을
까? 자유와 표류가 또한 권태와 결핍의 얼굴이
기도 하지 않을까? 권태와 결핍의 얼굴에서 자
유와 표류가, 자유와 표류의 얼굴에서 권태와
결핍이 나오는 게 아닐까?

어쩌면 나는 이미 자유로운 속에서 자유
를 찾고 있었던 것일지도….

4부

이어진

찰나의

순간

두터운 그의 시간을
대면하다

"오! 미안해요."

어떤 외국남자가 갑자기 내 숙소 방문을
열어젖히며 상념에 잠긴 나를 화들짝 깨웠다.
번지수를 잘못 찾은 모양이다. 밝은 갈색곱슬
머리에 그리스인처럼 생긴 이 청년은 튀르키예
에서 온 에미르였다. 이스탄불에 사는 그는 18
살 때 처음 여행을 시작해서 여태껏 간헐적으
로 세계여행을 지속하고 있단다. 지금도 벌써 9

개월째 배낭여행 중이라고 했다. 대학에서 역사를 전공한다는 그는 2001년생으로 MZ 베이비였다. 아이고, 아가. 나는 그의 이모뻘이었다. 그럼에도 불구하고 저녁 느지막이 시작된 우리의 대화는 당초 내 예상과는 다르게 꽤나 길게 이어졌다.

그에게는 십대소년같이 다듬어지지 않은 거칠고 순수한 열정 같은 것이 있었다. 혼돈과 취약함도 느껴졌고, 용감하고 성숙한 면모 또한 느껴졌다. 본인은 잘 모르는 것 같은데, 그는 본능적으로 자신이 원하는 길을 찾아가고 있었다. 그는 혼자 하는 긴 여행 속에서 자신의 길을 묻고 찾고 되새김질했을 터였다. 때론 짙은 고독 속에서 때론 여행의 희열과 낭만 속에서, 때론 낯선 사람들과 혼란스러운 장소 틈바구니 속에서 그는 자신이 어떤 사람인지, 자신이 무엇을 원하는지, 어디로 가야할지 생각했을 것이다. 그 두텁고 무수한 시간들을 그는 대면하고 지나왔을 터였다.

그가 갑자기 내 나이를 물었다.

"음… 나는 30살."
"……."

나이 많은 여자인간을 살면서 처음으로
직접 대면한건지 그는 순간 당혹감에 휩싸여
말을 잇지 못했다. 그는 나를 자기 또래로, 혹은
자기보다 조금 위로 생각했나보다. 나야 참 고
마운 일이다. 나이를 한참 깎았건만, 아무튼 30
살이란 어린 나이도 2001년생 베이비에겐 버거

운 큰 충격인가보다.

다음날 밤, 길거리에서 우연히 마주친 에미르. 나는 구시가지 쪽으로 나가는 중이었고, 그는 숙소로 돌아오는 중이었다. 그가 나와 같이 시간을 보내고 싶다며 숙소로 가던 발길을 돌린다. 혼자 걷던 길이, 방금까지만 해도 무겁고 고독했던 길이 에미르와 함께 걷는 순간 갑자기 내게 새롭게 다가온다. 혼자가 아닌 누군가와 함께 하게 되리라는 생각은 전혀 하지 않았다. 그런데 삶은 어쩜 이렇게 급진적이고 전혀 예상치도 못한 그림을 펼쳐내는지, 어쩜 이렇게 우연적이고 돌발적이면서도 신비스러운 만남을 펼쳐내는지 갑자기 나는 저 먼 아나톨리아 반도에서 날아온 이 알 수 없는 존재와 부하라 거리를 걷고 있었다. 갑자기 명랑해지고 경쾌해진 발걸음으로. 다른 존재가 내 옆에 있으니, 어두운 밤길에 대한 경계심도 완전히 풀어졌다. 어디로 가야할지 진지하게 고민하지도 않았다. 그래도 괜찮았으니까. 그의 존재의 출

현으로 완전히 다른 세계가 되어버렸다.

　　볼로하우즈 모스크 근처 벤치에 앉았을 때, 마침 예배시간을 알리는 아잔이 울렸다. 에 미르는 아잔의 몇 구절을 따라서 낭송하기 시 작했다. 그는 본인은 비록 담배도 피고, 술도 마시고, 여자도 사귀는 매우 타락한(?) 무슬림 이지만, 알라와 코란의 가르침을 진정 믿는다 고 했다.

　　"신을 믿어? 죽으면 우리는 어떻게 될까?"

　　죽는 순간, 내 존재가 우주 속으로 완전 히 먼지처럼 사라질 것 같다고 말했다. 그저 죽 어보기 전까지는 죽음 이후의 세계에 대해서 절대 알 수 없는 인간이기에 아무것도 확실하 게 말할 수 있는 건 없다. 영원할 것 같은 인간 은 죽음이라는 이 당연하고도 단순한 진실 앞 에 완전한 불확실성과 무력함에 철저히 내던 져진다. 나는 곧 죽는다. 죽음 앞에서 아무것도

볼로하우즈 모스크
혼자 걷던 길이, 방금까지만 해도 무겁고 고독했던 길이
에미르와 함께 걷는 순간 갑자기 내게 새롭게 다가온다.
삶은 어쩜 이렇게 급진적이고 전혀 예상치도 못한
그림을 펼쳐내는지, 어쩜 이렇게 우연적이고 돌발적이면서도
신비스러운 만남을 펼쳐내는지 갑자기 나는 저 먼
아나톨리아 반도에서 날아온 이 알 수 없는 존재와 부하라
거리를 걷고 있었다.
그의 존재의 출현으로 완전히 다른 세계가 되어버렸다.

못한다. 죽음의 세계에 대해서 아무것도 모른다. 아찔한 현기증. 내가 죽는다는 사실은 이미 머릿속으로 잘 알고 있다. 하지만 삶의 분주함 속에서 그 사실의 강렬함이 매일 조금씩 희미해지는 걸 막지 못하는 탓인지, 막을 생각을 못하는 탓인지, 아니면 그저 뼛속으로 깊이 체감하지 못한 탓인지, 어떤 계기로 문득 어느 순간 눈을 뜨고 보면 나는 영원히 살 것처럼 삶을 살고 있었다. 마치 죽음과는 전혀 관련 없는 사람처럼.

에미르의 즉흥적인 물음에 죽음이 갑자기 내 발등 앞에 떨어졌다. 그렇다. 여행을 떠나오기 전에도, 여행을 떠나온 지금에서도 고민은 그렇게 수없이 생각했지만, 죽음은 생각하지 않았다. 그의 물음으로 소환된 나의 죽음. 나는 죽는다. 그렇다면 나는 어떻게 살 수 있을까? 어떻게 살고 싶은가?

존재의 중심을
곧추세우고

　　에미르가 갑자기 자리에서 일어났다. 노
랫가락을 흥얼대더니 급기야 튀르키예의 전통
춤사위를 선보인다. 마치 한 마리의 거대한 독
수리가 양 날개를 쫙 펼치고는 느긋하고 여유
롭게 노니는 것 같다. 모든 전쟁을 치르고 난 승
자의 당당하고 기품 있는 기세가 느껴지는 춤
이랄까. 정수리부터 꼬리뼈까지 반듯이 펴진
척추와 판판하게 벌어진 견갑골.

'이 사람들은 춤 좀 출 줄 아는 민족이구만.'

무용도 그렇고, 무술도 그렇지만 (소림권과 우슈 등 중국무술을 4년 정도 수련했다) 척추를 바르게 세우는 것이 기본이다. 축대를 세워야만 몸에 중심이 잡히고, 몸의 유기적 연결성과 협응력, 힘의 전달력과 지지력이 상승하기 때문이다. 뿌리 깊은 나무처럼 중심이 굳게 잡히면 몸에서 불필요한 힘을 뺄 수 있다. 중심 뿌리가 깊고 강하므로 몸의 나머지 부분은 원하는 대로 이완시켜 자유롭게 움직일 수 있는 것이다. 즉, 굳건한 중심이 있어야 자유로울 수 있다. 그럴 때, 긴장과 이완, 강함과 유연함이 균형과 조화를 이루게 된다. 각 분야의 기술적 특성 때문에 세부적 차이는 있지만, 움직임이라는 큰 카테고리 안에서 한국무용이든 현대무용이든 발레든, 어떤 운동이든 몸의 축대, 중심을 세우는 것은 공통적이라 말할 수 있다.

반듯한 축대, 중심축인 척추를 기준으로

양옆에 평야처럼 드넓고 판판하게 아래쪽으로 펼쳐진 견갑골이 매우 두드러지게 관찰되는 에미르의 전통 춤사위에서 나는 아주 오래전 아나톨리아 반도를 평정한 유목민족의 DNA를 감지한다. 그들은 몸을 잘 썼던 사람들임에 틀림없다. 살짝 찌푸려진 미간, 반쯤 감긴 눈. 에미르는 여전히 감흥에 취해있다.

자정이 넘은 시각, 집 창문에서 가끔씩 새어나오는 빛도 이제 거의 사라졌다. 어두운 골목 사이 어스름한 가로등 빛과 달빛에 흙집들의 거친 형체가 군데군데 보였다. 사방은 죽

은 듯이 고요했다. 칠흑같이 까만 하늘에선 별이 쏟아져 내릴 것 같았다. 볼을 스치는 사막바람은 여름밤처럼 감미롭고 신선했다. 몽환적인 지금 이 순간!

"달은 지금 긴 산허리에 걸려 있다. 밤중을 지난 무렵인지 죽은 듯이 고요한 속에서 짐승 같은 달의 숨소리가 손에 잡힐 듯이 들리며, 콩 포기와 옥수수 잎새가 한층 달에 푸르게 젖었다. 산허리는 온통 메밀밭이어서 피기 시작한 꽃이 소금을 뿌린 듯이 흐뭇한 달빛에 숨이 막힐 지경이다."

_ 이효석, 「메밀꽃 필 무렵」

갑자기 약하고 순진한 소년의 얼굴이 된 에미르가 말했다. 키스해도 되냐고. 나는 그 새파랗게 어린 얼굴을 더 감상하고 싶어서 한동안 아무 말 없이 능글맞게 그를 관찰했다. 그리고 결국 40살 이모라고 말하지 않았다.

뒤엉킨 시공간을
흔들며

"에미르, 너는 왜 여행을 하는 거야?"
"음… 자유롭고 싶어서."

히바(Khiva)에 같이 가자는 에미르에게 작
별인사를 했다. 그가 다시 꼭 만나자고, 보고 싶
을 거라고 했다. 어차피 모든 것은 변하고 인간
은 결국에는 혼자다. 타자가 영원히 나와 함께
할 수 없고, 타자가 영원히 내 곁에 머물고 싶어
하리라는 보장도 없다. 그렇다면 이것저것 따

져봤을 때, 관계에 기대를 하고 시간과 에너지를 쏟는 게 굳이 별 의미가 없다고 생각하던 바였다. 그러다가도 고요한 호수에 크든 작든 돌멩이가 던져지면 감정에 요동이 일어났고, 나는 그것이 나를 무력하게 만들고 혼란스럽게 만든다고 생각했다. 에고 때문이었을 게다. 그래서 관계가 더 진전되기도 전에 스스로 굳이 관계를 망가뜨리며 내 생각을 증명하고 확고하게 하려 했다. 역시 이런 것은 다 한때이고 부질없을 뿐이라고 씁쓸하고 냉소적인 태도가 되어서는 안정적인 나의 원래 상태, 원래 궤도를 찾아 돌아오곤 했다. 춤은 언제나 변하지 않는 나만의 심지이자, 나만의 안정적 궤도였다.

잠깐이었지만, 에미르가 내 고요한 호수에 하나의 작은 돌멩이가 되었나 보다. 씁쓸한 느낌이 되는 것을 보니. 그러나 조금만 지나면 금세 괜찮아질 것을 안다. 어차피 감정이란 파도는 지나갈 것임을 알기에, 나는 의지적으로 환하게 웃으며 에미르를 향해 손을 힘차게 흔들었다. 잘 가라.

원래는 히바에 가기로 계획했지만, 시간
이 지날수록 굳이 가지 않아도 될 것 같다는 생
각이 든다. 특정한 장소가 의미가 없는 건 아니
지만, 지금 내게 가장 중요한 건 아니다. 또 다
른 유적이랄지 이국적인 도시의 분위기나 볼거
리를 원하는 게 아니었다. 이제 어딜 가느냐, 어
디에 있느냐는 더 이상 중요한 것 같지 않다. 내

안에서 그건 명백했다. 그러나 동시에, 히바에 가지 않는 결정이 나중에 애매한 미련과 후회로 남게 되는 것은 원치 않았다. 그래서 흔들림을 그저 가만히 지켜보고 있었다. 충동이 내 속에서 거세진다면, 혹은 가야만 한다면 어찌되든 가게 될 것이었으니까.

결국 나는 히바 행 열차에 몸을 실었다.

히바 행 새벽기차. 모든 승객들이 잠들어 쥐 죽은 듯 조용하고 어두운 기차내부에 꽤나 당황했다. 승객도 많은데다가 통로는 비좁고 캄캄해서 도무지 자리를 찾기가 불가능해보였다. 털썩. 통로에 망연자실한 채로 서 있는데, 때마침 열차 내부를 점검하시며 다니시는 승무원님과 마주쳤다.

승무원님의 뒤를 따라 조심조심 객실로 들어섰다. 좁은 통로를 가운데로 해서 각각 위, 아래에 간이침대가 배치된 것이 마치 첩첩이 쌓아올린 식판처럼 생겼다. 잠자는 승객들의 팔다리들이 침대 밖으로 가지각색 삐져나와 있었는데, 승무원님은 대수롭지 않다는 듯 삐져나온 승객들의 팔다리를 신속하게 정돈하시며 휘이휘이 통로를 헤쳐 가신다.

드디어 자리를 찾았다. 잠을 청해보는데 비좁은 침대와 숨 막히는 공간이 답답해서 그런 건지, 아직 긴장이 덜 풀려서 그런 건지, 아니면 떠나는 도시에 대한 먹먹함과 새로운 여정에 대한 낯선 기분 때문인지 잠이 오질 않았다. 창밖엔 어스름한 나의 형체 뿐, 주변은 온통 침묵과 어둠이었다. 많은 사람들이 열차 안에 있었지만, 두려움을 느낄 정도로 나는 이 어둠 속, 혼자인 것 같았다. 기차는 바퀴를 구르며 무거운 새벽의 정적을 깨고 달리고 있었다.

갑자기 부산스러워진 소리에 잠에서 깼다. 기차에서 맞는 아침이다. 창밖으로 끝없이 트인 척박한 대지가 빠르고 느리게 스쳐간다.

창밖을 멍하니 바라보며 풍광이 주는 정취에 가만히 젖어든다. 2017년인가 2018년인가, 프랑스 낭시로 가던 길이었을까, 파리에서 마르세유로 가던 길이었을까, 아니면 그 어디로 가던 길이었을까. 떼제베를 타고 차창밖에 펼쳐지던 연두색 언덕과 벌판의 모습을 하염없이 바라보던 어느 지난날의 감상과 기억이 수채화처럼 떠올랐다. 그때도 끊임없이 이어지던 풍광 너머로 과거와 현재, 미래로 연결된 나의 인생과 춤에 대한 상념에 젖어있었다, 당시의 내가 자주 그랬듯이. 구체적으로 어떤 고민을 안고 있었는지, 어떤 상태와 감정이었는지, 어떤 생각을 하고 있었는지 기억이 정확히 나진 않는다. 그러나 한 가지 확실한 것은 지금 내 모습이 당시에는 전혀 상상하지 못했던 그림이라는 것이다. 나의 무너짐, 무너짐으로 연계된 여행, 그리고 우즈베키스탄은 여태껏 인생에서 한 번도 생각해보지 않은 것들이었으니까. 삶이란 내가 생각한대로, 내가 계획한대로 조절되고 전개되는 것인 줄로 알았다. 그러나 나의 의지와 계획과는 상관없이 예상치도 못한 그림들이 펼쳐지고, 그에 따라 새로운 물결과 파동이 일어난다. 그 흐름과 함께 지속적으로 나는 변화해 간다. 3년 뒤에, 5년 뒤에 내 모습은 또 어떨까? 어느 시공간에 존재하고 있을까?

과거, 현재, 미래, 프랑스와 우즈베키스

탄. 모든 시공간이 내 안에서 꿈처럼 한데 뒤엉켜 흔들린다. 어느덧 사람들은 하나둘씩 자리를 떠나고, 열차는 점점 히바에 다다르고 있었다.

히바의 칼타미노르(Kalta minor)

히바는 아무다리야 강 하류에 있는 오아시스 지역으로,
고대 페르시아 제국시절부터 실크로드의 중요 경유지였다.
히바의 중심부는 외성인 디샨칼라, 내성인 이찬칼라 이렇게
이중성벽으로 둘러싸여 있는데 이찬칼라는 남북길이 650m,
동서길이 400m, 높이 10m에 달한다. 이찬칼라 내에는 여러
신학교와 예배당이 보존되어 있는데, 특히 다른 예배당과는
달리 아치형 창문이나 돔 없이 단층으로 지어진 목조 예배당
주마모스크가 그 가치를 높게 평가받고 있다. (주마는 금요일
이란 뜻이고, 금요일은 무슬림의 예배하는 날이다)

자유를 찾는 나와
자유로운 나

2월 말, 히바는 아직 한겨울이었다. 입김이 한가득 나오는 차가운 히바의 공기에 정신이 바짝 든다. 여기는 고요한 고대 실크로드 사막도시, 히바. 히바의 중심부는 외성인 디샨칼라(Dishan kala), 내성인 이찬칼라(Ichan kala)로 이렇게 이중성벽으로 둘러싸여 있다.

내성 이찬칼라에 있는 숙소에 도착했다. 숙소 안 창문을 열어젖히니 얼음처럼 차갑고 신선한 공기가 방 안으로 물밀듯 들어온다. 방안은 적막하다. 아무도 없는 낯선 곳, 고독이 뱀처럼 몸통을 휘감고 잠식한다. 뼈로 스며드는 고독. 생각의 파편들이 내 속 여기저기서 툭툭 튀어오른다. 나는 무척 오묘하고 복잡한 심경이 되었다. 따끈한 차를 꿀꺽 들이키고 달콤한 건포도를 입에 넣었다. 감정의 파도가 지나가면 괜찮아질 것이다. 곧 가벼워질 것을 안다.

시간이 박제된 듯 옛 흔적이 고스란히 남은 내성. 나는 걷는다. 세계와 나 사이는 마치 투명한 가림막이 쳐 진 듯 분리된다. 중심부 어디선가 흥겨운 노랫소리와 박수소리가 한데 뒤엉켜 들렸다. 지금 막 결혼한 커플인가보다.

'행복해 보이는' 커플 주위로 많은 사람들이 동그랗게 모여서 신나게 춤추고 있었고, 나는 그것이 마치 캔버스의 그림처럼 관조적으로 느껴졌다. 나와는 너무나 멀리 떨어져 있는 것 같은 세계, 나의 고독감은 내 속에서 매우 생생하게 그 존재를 드러내고 있었다. 그러나 동시에 내 눈앞에 있는 저 행복한 그림이 볼수록 회색 공포로, 묘한 슬픔으로 느껴졌다.

　　이찬칼라 안을 걷다가 성문을 통해 밖으
로 나왔다. 성 외곽을 빙 둘러싸고 이어져 난 길
을 하염없이 걷는다. 길옆으로는 정비가 되지
않은 황량한 공터가 펼쳐져 있었고, 터 안쪽에
는 주민들이 사는 동네가 보였다. 헝클어진 흙
밭에는 닭들이 뛰어다녔고, 몇몇 코흘리개 어
린애들은 신나게 술래잡기를 하고 있었다. 긴
벨벳 드레스에 두건을 길게 아래로 둘러 내려

나는 무엇을 원하는가, 어떻게 살아야 할까,
어떻게 살고 싶은가 질문하고 질문한다.
역시나 명쾌하고 또렷한 답은 나오지 않는다.
그럼 그렇게 내 속에 흐르도록 놔두는 것이다.

뜨린 한 여인이 공터를 가로질러 걷고 있었다.
당장이라도 말에 탁 올라타서는 드넓은 대지를
자유롭게 누비고 다닐 것 같다. 강인하고 독립
적이며 기품 있는 여성의 뒷모습. 나는 한동안
그 모습을 가만히 바라보고 있었다.

　　나는 무엇을 원하는가, 어떻게 살아야 할
까, 어떻게 살고 싶은가 질문하고 질문한다. 역
시나 명쾌하고 또렷한 답은 나오지 않는다. 그
럼 그렇게 내 속에 흐르도록 놔두는 것이다.

몸의 감각이
알려주는 대로

히바의 밤은 마치 아라비안 나이트를 연상케 한다는 말을 들은 적이 있다. 이제 곧 알라딘이 카펫을 타고 날아다니고 시샤 연기가 몽글몽글 피어오를 것 같은 신비로운 분위기가 성 안을 뒤덮을 것이었다.

그러나 이 겨울, 히바에 아라비안 나이트란 없나보다. 그저 미동 하나 없는 깊은 적막과 암흑에 잠긴 요새다. 사람도 없는데다가 오래된 옛 성터가 많아서 특유의 오묘하고 스산한 느낌이 났다. 지구 종말에 살아남은 마지막 인간이 되어버린 걸까? 사람의 목소리와 손과 따뜻한 온기가 필요했다. 에미르에게 메시지를 보낸다. 그는 아마도 아직은 여기 있을 터였다.

'나 지금 히바에 있어.'

이찬칼라 입구, 이 춥고 어둡고 낯선 곳에서 내가 아는 사람의 얼굴이 쏙 나온다. 대체 언제 왔냐고, 왜 빨리 연락하지 않았냐고, 밥은 먹었냐고 수다스럽게 물으며 반색하는 에미르의 웃는 얼굴을 보니 긴장이 사르르 풀린다. 우리는 이찬칼라 곳곳을 천천히 걸으며 대화에 점점 빠져든다. 깊은 밤 텅 빈 고대 사막도시의 성터, 나는 이 환상성과 몽환성에 흠뻑 취하는 것 같다. 침묵만이 감도는 골목 사이사이로 우리의 목소리가 울리듯 진동하며 퍼져나간다. 얼마 전까지만 해도 그토록 무거웠던 이곳은 어느새 가벼워져 있었다.

    벌써 자정을 넘긴 시각, 추위가 몸속으로
파고들었다. 그러나 이대로 끝내기엔 뭔가 아
쉬운 우리는 아직 문을 닫지 않은 카페를 찾아
이찬칼라 밖으로 나왔다. 그리고 바로 그때, 무
한하고도 장엄한 감흥이 순식간에 내 몸에 폭

풍처럼 들이닥쳤다.

　　눈앞엔 어둠이 잠식해버린 황량한 터, 귓전과 온몸에 파편처럼 쏟아져 부서지는 사막바람. 아아… 온몸의 감각이 무한대로 날선 촉수처럼 무척 예민해졌다. 지금 여기가 어딘지 몇 시인지 인지가 되지 않았지만, 이 영원하고도 비현실적인 순간 속에서 내 안의 의식은 어느 때보다도 생생하고 강렬하게 또렷이 살아있었다. 시간도, 공간도, 내 몸통도 온데 간데 사라졌고 나는 그야말로 바람처럼 자유롭고 가벼운 의식 자체가 된 것 같았다. 에미르가 나한테 뭐라고 말한다. 그러나 휘몰아치는 사막바람 때문에 잘 들리지 않는다. 움직이는 그의 입과 군데군데 끊어지는 그의 목소리는 지금 이 순간을 극도로 강렬하게, 초현실적으로 만든다. 지금 이 순간 말고 다른 과거나 미래의 세계는 없다. 이것이, 지금 여기가 세계의 전부였다. 강렬한 황홀경. 이 순간에 영원히 머물 수 있다면…

5부

깊은

눈매를

가진

사람

예외적 시간을
닫으며

이찬칼라 밖 주민들이 사는 조용한 동네 어귀의 숙소로 자리를 옮겼다. 방은 아늑하고 조용했다. 창문 밖으로 널찍한 공터 하나가 있었고, 이 네모난 공터 주위를 감싸고 가정집들이 쭉 들어서 있었다. 떠드는 동네 아이들의 소리,

대화하며 지나가는 사람들 소리, 자전거 소리와 새소리가 바로 가까이에서 들렸다. 메마른 흙바닥과 앙상한 나뭇가지들은 아직 겨울이었지만, 창문을 타고 유연하게 들어오는 바람에는 벌써 산뜻하고 부드러운 봄 냄새가 난다.

구석구석 골목들 사이 이 모양 저 모양으로 다르게 생긴 집들, 울퉁불퉁한 흙바닥과 반듯한 시멘트 바닥, 한 폭의 수채화같이 펼쳐진 동네풍경, 나는 느리고 고요한 시간 속에 푹 잠긴다. 많은 시간을 혼자 걸으며 보낸다. 걷다가 보면 어느새 의식은 자연스레 내부로 집중된다. 생각을 들춰보는 작업이 속에서 저절로, 역동적으로 이루어진다.

'나는 무엇을 원하는 걸까? 어떻게 살아야 할까?'

속 시원히 답이 나와 주면 참 좋겠는데, 여전히 자욱한 안개 속이다. 지금 이 시간의 의

나는 무엇을 원하는 걸까?
어떻게 살아야 할까?

미와 가치를 현재로서는 잘 모르겠다. 답답하고 무거워졌다. 그러면 그렇게 그대로 놔두었다. 시선이 다시 외부로 향하면, 나는 내 눈앞에 펼쳐진 이 전혀 다른 새로운 세계에 영감을 받아 힘과 긍정성을 다시 세우는 것이다. 그래, 이 여정의 끝에 불순물이 다 가라앉고 맑은 물이 떠오를 것이다. 그쯤 되면 나는 좀 더 진실해지고 청정해져 있을 것이다.

곧 이곳을 떠나야 하고, 한국으로 돌아가야 한다는 생각에 마음이 아쉽고 애틋해졌다. 그러나 한편으론 이렇게 발만 살짝 담군 채 물 위를 표류하는 시간을 청산한다는 것, 거친 흙냄새가 나는 곳, 피와 살이 얽힌 곳, 찐득한 연결의 기반으로 돌아간다는 것에 기대감이 스친다. 한국으로 돌아간다는 것이 더 이상 내게 괴로움과 얽매임으로만 느껴지지 않게 되었다. 이것은 내게 일어난 하나의 고무적인 변화다.

일상을 벗어나서 표류하면 비로소 자유로워질 거라 생각했다. 표류하는 삶, 깃털 같은 삶, 아! 얼마나 좋을까? 하지만 막상 꿈꾸던 '표류의 장', '자유의 장' 한복판에서 나는 온전히 만족스럽지 않았다. 물론 깊숙이 동여매고 다닌 나의 고민 때문이었을지 모르지만 말이다. '어느 정도의' 자유로움과 가벼움이 내게 왔다 감을 반복할 뿐, 내가 생각했던 자유는 이렇게 부족하거나 불완전한 것이 아니었다.

다시금 기반과 연결을 갈구하는 나를 보았다. 속박을 떠나 자유를 향해서 저기를 떠나

여기 왔건만, 막상 자유는 여기에도 없었다. 내가 생각했던 자유, 그리고 그 자유가 펼쳐지는 실상의 간극 앞에서 나는 삐걱거렸다. 내가 생각했던 자유는 무엇이었나? '자유는 이러이러

한 것 일거야.' 혹은 '이러이러한 것이 자유일리는 없어.'라고 다 내 생각으로 만들어놓은 허상의 개념적 그림에 불과했던 것이 아니었을까? 진짜 자유는 무엇일까? 어디에 있을까? 어떻게 찾아야 할까?

이제 잠시나마 함께 다니며 정들었던 에미르와도 곧 작별이었다. 에미르는 카자흐스탄의 쉼켄트에서 이스탄불로 돌아가는 일정으로 이번 여행을 마친단다.

"이스탄불에 같이 갈래? 우리 같이 가자."

갑자기 자기와 같이 이스탄불로 가자는 에미르. 그의 말에 참을 수 없는 격렬한 충동이 순식간에 불처럼 일었다. 까짓것, 어떤가. 즉흥적인 무모함 속에 나 자신을 던져버리는 것. 솔직히 못할 것도 없지 않은가.

여행 속에서도 내 속 깊은 곳에 뭔가 헛

헛하게 꽉 채워지지 않는 자유에 대한 갈증과 허기. 또다시 이스탄불로 떠나는 여행을 이어 간다고 해서 해결될까? '그곳에 간다면' 혹은 '계속 떠다닌다면' 그럼 비로소 나는 온전한 자 유를 손에 쥐게 될까? 진정으로 자유롭다고 느 끼게 될까?

아니. 장소의 문제도 아니고, 떠남의 문 제도 아닌 것 같다. 여기에 있으면 저기를 갈망 하고 막상 저기에 가서는 또다시 여기를 갈망 할 나 자신을 이제는 알 정도가 되었다. 내 생각 과 허상의 그림이 부 서지지 않는다면 여 기도 저기도 이래도 저래도 나는 백퍼센 트 온전하다고 느낄 수 없을 것이다. 메뚜 기처럼 펄쩍펄쩍 무 언가를 늘 찾고 갈구 하며 살겠지. 삶의 실

히바 바자르에서 흥정중인
에미르

상, 진면목은 무엇일까? 여기랄 것도 저기랄 것도 속박이랄 것도 자유랄 것도 사실 구분지어지고 정해진 것이 없다. 그렇다면 삶의 실상이 펼쳐지는 속에서 내 생각으로 분별하지 않고, 청정한 의식과 진실에 불을 밝히며 한 발짝씩 움직여야 할 것이다.

지금 나는 또 다른 여행이 주는 낭만과 설렘, 가벼움 속으로 들어가고 싶은 게 아니었다. 정확한 이유는 모르겠다. 하지만 무시되어서는 안 될, 혹은 아직 해석되지 않은 비밀처럼 가고자 하는 충동이 자꾸 억제되었다. 가고 싶은데 가지 말라고, 혹은 가지 말아야 한다고 끌어당기는 느낌, 지금 내게 진짜 필요한 건 그게 아니라고 하는 직관적인 몸의 느낌이었다.

그렇다. 이제야 비로소 뭔가 실마리가 풀릴 것 같은 기미를 보이며 아직은 다발같이 엉켜 있는 것 같은 내 존재, 내 존재에 불을 밝혀 가만히 보는 시간 그리고 이제는 내가 해야 할 소중한 것들에 대한 계획을 잡아가는 시간이 필요할 것 같다는 막연하지만 명료한 느낌이었다.

자정이 넘은 시각, 히바는 침묵에 완전히 뒤덮였다. 그림같이 둥그렇고 하얀 달이 머리 위에 가만히 떠있었다. 파편처럼 분쇄된 별들은 흐드러져 있었다. 신비스럽고 어스름한 보랏빛이 꿈처럼 몽환적이었다. 세상 모든 것을 뒤덮어버린 보랏빛 어둠, 휘- 부는 스산하고 산뜻한 바람, 담배를 피우며 서성이는 에미르. 모든 것이 비현실적이었다. 갑자기 밤하늘에 별똥별이 둥근 포물선의 궤적을 짧게 그리고는 마법같이 사라진다. 지금이 꿈인지 생시인지 나는 몽롱하고 환상적인 정취에 흠뻑 취해 아찔한 기분이 된다. 우주의 어느 시공간에 난데없이 뚝 떨어진 것이다. 지금 이 세상엔 아무것도, 아무도 없는 것처럼 느껴진다. 감미로운 몽환 속, 새벽 밤.

여행 속에서도 내 속 깊은 곳에
뭔가 헛헛하게 꽉 채워지지 않는 자유에 대한 갈증과 허기.
또다시 이스탄불로 떠나는 여행을 이어간다고 해서
해결될까? '그곳에 간다면' 혹은 '계속 떠다닌다면'
그럼 비로소 나는 온전한 자유를 손에 쥐게 될까?
진정으로 자유롭다고 느끼게 될까?…
그렇다. 이제야 비로소 뭔가 실마리가 풀릴 것 같은
기미를 보이며 아직은 다발같이 엉켜 있는 것 같은 내 존재,
내 존재에 불을 밝혀 가만히 보는 시간 그리고 이제는 내가
해야 할 소중한 것들에 대한 계획을 잡아가는 시간이
필요할 것 같다는 막연하지만 명료한 느낌이었다.

저 길로 손을 흔들며 가던 에미르는 이제 어둠에 완전히 파묻혀 형체도 보이지 않는다. 인생에서 또다시 보게 될 수 있을까? 이제 안녕. 시리고 날카로운 느낌이 몸통에 퍼지던 찰나, 갑자기 저 멀리서 작고 하얀 플래시가 탁하고 켜졌다. 불빛은 좌우로 다정하게 왔다 갔다 했다. 그것은 내가 여태껏 남자 인간에게서 느껴보지 못한 매우 강렬하고도 깊고 섬세한 교감으로 다가왔다.

그렇게 히바의 어느 새벽 밤, 두 개의 작은 불빛이 한동안 아른거렸다.

무용은 왜 나를
선택했을까

어려서부터 춤추는 게 그냥 좋았다. 초등학생 때, tv에 나오는 가수들 뒤에서 춤을 추는 백댄서가 되고 싶다는 생각을 했었다. 그러나 춤을 할 수 있다는 생각은 꿈도 꾸지 않았다. 공부하고 판검사가 되서 이 집안을 살려야 한다는 엄중한 엄마 말씀이 늘 선포되었기 때문이었다. 초등학생 때부터 수련회든, 체육대회든, 소풍이든 장기자랑시간마다 그렇게도 춤을 추어대던 나를 보면서 엄마는 정말 모르셨을까?

아니면 외면하고 싶으셨던 걸까? 결국 나는 스무 살이 넘어서 결단했다. 평생 이렇게는 도저히 못 살겠다고. 죽이 되든 밥이 되든 하고 싶은 것은 하며 살아야겠다고. 못 배워서 속에서 한이 맺힌 무용을 그렇게 본격적으로 시작했다.

무용을 하는 것은 힘들지만 정말이지 좋았다. 물론 다는 아니지만, 보통 무용은 어릴 때 엄마 손에 이끌려 무용학원에 오는 것으로 시작하는 경우가 많다. 게다가 입시무용은 상당한 교육비가 필요하기 때문에 집안이 받쳐주지 않으면 전공은 정말 어렵다. 비싼 레슨비는 기본에다가, 콩쿨이라도 나갈라치면 최소 몇 십에서 몇 백까지 하는 의상비, 최소 몇 백부터 시작하는 작품비까지 다 감당할 수 있어야 하기 때문이다. 그야말로 흙수저인 나는 나보다 좋은 환경에서 일찍부터 무용을 시작한 친구들을 보면서 무용을 늦게 시작할 수밖에 없었던 내 환경에 대한 박탈감과 부모님에 대한 원망에 자주 사로잡혔다. 그럴 때마다 나는 속에서 피

눈물이 나는 것 같았다.

무용에 미쳐서 20대를 살았다. 마치 불나방처럼. 불사르고 또 불살랐다. 무용과를 졸업하고 무용단에 들어가면서 드디어 무용수로 작업을 시작하게 되었다. 춤이 대체 무엇인지, 어떻게 춤을 추어야 하는지, 공연은 어떻게 하는 건지 아무것도 몰랐고, 생각도 경험도 온통 부족했지만, 적어도 무대 위에서 거짓 없이 피와 땀과 살을 아낌없이 다 쏟아내었다. 춤은 점차 내 안에서 시간과 함께 축적되며 두터워져 갔다. 신체조절능력이 섬세하게 계발되고 증강되면서 마음의 욕구와 감정들을 몸으로 표현하는 것이 말보다 훨씬 자연스럽고 풍부하며 심오하게 느껴졌다. 내 존재가 움직임을 통해서, 춤을 통해서 점점 확장되고 상승되는 그 충만한 기쁨은 오직 나만의 은밀한 것이었다.

무대 위의 세계가 펼쳐지면 나는 그 속으로 들어간다. 격렬한 움직임이 쌓이고 계속되면서 숨이 턱 끝까지 차오른다. 감정이 요동치고 격앙된다. 몸과 마음의 경계나 막이 없어져서 하나가 된다. 동작을 수행하는 것이 몸인지 마음인지 더 이상 구분이 되지 않는다. 몸과 마음의 혼연일체. 그 상태가 지속되고 축적되면서 어떤 신체적 지점에 다다를 때, 순식간에 정신이 열리는 무아지경으로 들어간다. 그 순간 나는 말로 다 할 수 없는 자유로움과 초월성 같은 것을 느끼는 것이다.

내 육신의 껍데기는 뭍에 나온 물고기 같다. 헐떡이며 움직임을 수행하느라 너무 고통스러운데, 그 속에 나는 이상하리만큼 자유로웠다. 황홀했다. 마침내 이 불완전한 육신을 태우고, 육신의 껍데기를 벗어나 다른 무한한 세계로 들어가는 것 같은 느낌이었다.

공연 무대는 내 나름대로의 정화의식이나 제의 같았다. 하얀 재처럼 나를 순전하게 불태워 어떤 다른 세계로 들어가는 길. 그것은 무한과 자유의 세계, 충일과 초월의 세계였다. 그

내 육신의 껍데기는 뭍에 나온 물고
기 같다. 헐떡이며 움직임을
수행하느라 너무 고통스러운데,
그 속에 나는 이상하리만큼
자유로웠다. 황홀했다.
마침내 이 불완전한 육신을 태우고,
육신의 껍데기를 벗어나
다른 무한한 세계로
들어가는 것 같은 느낌이었다.

순간에는 이 세상 어떤 것도 중요하지 않았으
며 어떤 것도 정말 상관이 없었다. 그 충만하고
은밀한 황홀감은 그야말로 나만의 것이었다.
이 세상 그 어떤 것이 나에게 이런 강렬한 황홀
감을 선사해줄 수 있을까. 나는 이대로 무대에

서 죽을 수도 있겠다는 생각을 했고, 무대에서
죽어도 딱히 여한이 없겠다는 생각을 했다.

공연이 다 끝나고 나면 진이 쏙 빠져서
대개는 매우 헛헛하고 취약해졌으며 고독해졌
다. 다 타고 남은 잿더미처럼 내 모든 피땀을 쏟
고 나면 나는 그렇게 텅 비워져서 한동안 덩그
러니 있었다. 하릴없이 떠도는 마음에 맥없이
방황을 하고 고민에 빠졌다. 이렇게 힘든데 무
용을 계속 해야 할까, 과연 평생 이렇게 살 수

있을까, 나는 이래도 계속 이렇게 살고 싶은 걸
까, 다음에는 또 어떤 작업을 해야 할까, 과연
내가 그 작업들을 할 수 있을까, 내 역량이 될
까, 어떡하면 더 좋아지고 더 잘할 수 있을까…
하는 생각들이었다.

　　당시 내게 춤이란 건 '적당히' 조절하며
균형을 찾을 수 있는 성질의 것이 도무지 아니
었다. 할 때마다 내 존재를 온전히 드러내고 쏟
아 부어야 하는, 정신적 신체적 에너지 부담이

매우 상당한 일이었다. 그렇게 사활을 걸고 죽자 사자 했기에, 나는 자주 무겁고 진지하고 심각할 수밖에 없었다. 때와 상황에 따라서는 '이정도까지, 혹은 되는 데까지'라고 판단하고 지혜롭게 조절할 수 있는 유연함과 노련함이 없었다. 일의 특성상 그렇게 하기가 쉽지는 않을 것 같긴 하지만.

그럼에도 불구하고 춤을 볼 때마다, 할 때마다, 말할 때마다 나도 모르게 깊은 속에서 떨리고 흔들리는 걸 어쩌랴. 무력하게도 어쩔 수 없이 결국 춤에 이끌리는 걸 어쩌랴. 이거 말고 이 세상에 그 어떤 것도 내게 이런 강렬한 황홀감과 충만감을 주는 것은 단연코 없는 걸.

내가 살 길,
내가 사랑하는 길

여느 직업의 세계처럼 무용도 치열한 경쟁과 생존이 있다. 내가 바라는 예술가들과 작업을 하기 위해서는 오디션이란 통과의례를 거쳐야 한다. 여기에서 살아남아야 한다. 통과를 하고 작업에 들어가서도 작품을 만들어가는 전 창작과정에서 각자의 역량을 최대한 발휘해 주어야 한다.

무용공연 준비과정은 어떨까? 대개는 창

조적이고 자율적인 분위기, 서로에게 영감이 되는 예술창작 작업을 떠올리게 된다. 그러나 사실 꼭 그렇게 이상적이지만은 않다. 실상은 다른 분야와 마찬가지로 무용수들 사이에 보이지 않는 치열함이 있고, 암묵적인 질서나 묘한 기 싸움 같은 정치적 분위기도 존재한다. 안무자와 무용수 사이에서 자잘한 갈등과 마찰도 일어난다. 본인이 원하는 질감이나 감성을 구현해내기 위해서 안무자가 무용수를 심리적, 신체적으로 강하게 압박하고 몰아붙이기도 한다.

그저 창조적이고 자율적인 분위기 속에서 마냥 즐겁게 춤추고 작품을 만드는 일은 없다. 각자는 자신의 모든 패를 다 뒤집어 보여야 한다. 자신의 창조성, 신체적 기량과 개성을 온전히 보여주고 쏟아 부어야 한다. 그렇게 작품이 완성된다.

작업이 끝나면 나는 신체적으로 정신적으로 자주 소진이 되었다. 그러나 동시에 내 안에 착실히 축적되어가는 나만의 은밀한 실력이

나 내공 같은 것을 느낄 수가 있었다. 내가 내적으로 확장하며 상승하고 있다는 확신. 남은 절대 모르는, 나만 아는 깊은 만족감이자 자부심이었다.

시간이 흐르면서, 어느새 나는 내가 함께 일하고 싶은 예술가들을 마음속에 점찍어놓고 한 판 한 판 게임 퀘스트를 깨어가듯 춤추고 있었다.

'그래, 이렇게 끝판까지 가는 거야. 그럼 나는 비로소 온전해질 거야.'

각 안무자들의 필요와 요구, 그들만의 잣대에 맞아떨어지는 것으로써 내 존재와 실력에 대한 불안과 의심을 해소할 수 있었다. 시간이 흐를수록 그들의 인정을 더욱 갈구했다. 그들이 인정해주면 나는 역량이 있는 것이고, 그들이 인정해주지 않는다면 나는 별 볼 일없는 형편없는 무용수였다.

그들의 기준에 들어맞아 떨어지기 위해서 그들이 원하는 것이 무엇인지 연구하며 나름대로 이런 저런 시도와 연습을 멈추지 않았다. 주위에는 늘 나보다 뛰어난 동료들이 있었다. 내가 온몸으로 버둥거려서 간신히 도달한 지점들을 그저 손쉽게 툭툭 해내는 듯 보이는 동료들. 그렇다. 내가 살 길은 오로지 부족함을 채우며 악착같이 연습하는 것 뿐 이었다. 여기에서 반드시 살아남고 인정받아야 한다. 겉으로는 별 관심 없는 척 하면서, 뛰어난 동료들의 몸씀을 세세히 관찰하고 연구하며 연습했다. 전체 연습이 끝난 야밤에 몸을 질질 이끌고 혼자 따로 연습을 하러 가기도 했다. 쉬어야 하는 날에도 불안해서 도저히 쉬질 못하고, 안무자로부터 받은 피드백을 적용하며 혼자 연습하는 날이 많았다.

'아직 한참 부족해, 더 가야 돼, 더 가야 된다고. 원래 참고 채찍질하면서 가는 거야, 원래 이런 것이라고!'

몸의 열감 때문에 시름시름 앓는 소리를 내면서 잠을 청했던 날들, 기운 하나 없는 몸을 뜨거운 물로 간신히 일으켜 세우던 많은 아침들. 잡힐 듯 잡히지 않는 신기루처럼, 이상향이라고 생각한 곳에 죽어라 다가갈수록 그것은 딱 그만큼 저만치 위로 올라가있었다. 대체 얼마나 뼈를 더 갈아 넣어야 저 곳에 도달할 수 있을까. 언제쯤 이 필사의 처절한 고군분투가 끝날 수 있을까. 잘하고 싶다고, 정말 잘하고 싶다고. 부닥치고, 부닥치고 또 부닥치고…

연습 전후로 매일 찾았던 나만의 쉼터,
프랑스 소도시 어느 숲길. 2017년 봄과 여름사이

그렇게 시간이 흘렀다. 물론 깊은 곳에
결핍감과 불안감, 두려움이 완전히 사라지진 않
았지만, 지속적으로 도전하고 부딪히며 경험을
쌓아가면서 내 존재와 내 춤에도 실낱같은 희
망과 안정감이 조금씩 들어서게 되었다. '이제
숨은 내쉴 수는 있을 것 같다'라고 생각했을 때,
다시 내 앞에 두텁고 거대한 벽이 등장했다. 여
태껏 달리고 쌓아온 내 모든 경험과 노력이 다

어디로 갔나 라는 생각이 들 정도로, 그 벽 앞에서 처절하게 깨지고 내쳐졌다. 받아들여지지 않았다. 이제야 한숨 돌리려나 싶었는데, 나는 아직도 멀었다. 얼마나 더 해야 할까, 얼마나 더 달려야 할까. 가려던 길을 멈췄다. 아니 저절로 그렇게 되었다. 심연의 절벽 앞, 나는 털썩 주저앉았다. 지쳐 나가 떨어졌다. 이를 악물며 쥐고 있던 주먹은 풀어졌다. 포기였다. 할거라고, 하고 싶다고, 죽으라고 하면 할 수 있다고 그렇게 악을 쓰며 가던 내게 이런 형국이 오리라고는 단 한 번도 생각해 본 적이 없었다. 기를 쓰고 온몸으로 발악하면 정말 될 수 있을 줄 알았다. 세상에 내 마음대로 되지 않는 것이 있었다. 그러나 동시에 왜 꼭 그들에게 받아들여져야만 하는가, 이런 방식 밖에는 없는 걸까, 그들에게 받아들여지지 않으면 내겐 정말 길이 없는 건가라는 의구심이 처음으로 고개를 들었다.

애증, 한탄과 분노, 미련과 후련함 같은 감정들이 속에서 뒤섞였고 나는 춤에 진절머리가 난 사람처럼 춤이 꼴도 보기 싫었다. 한동안 물리적, 정신적으로 춤과 떨어져서 조용히 시간을 보냈다. 그 시기에 나는 무용을 가르치는 선생의 일을 본격적으로 하게 되었다. 그 일은 삶의 흐름 속에서 자연스럽게 일어난 전환이었다. 엄청나게 뛰어난 실력도 아니고, 탁월한 교수법이 있는 것도 아니어서 얼마나 유익한 수업을 했는지는 잘 모르겠다. 그러나 적어도 그 선생의 일을 진실하게 했다. 무용, 무대라는 말만 들어도 진저리가 났던 나는 그사이 점차 회복되고 있었다. 춤을 바라보는 시각과 태도 또한 예전과는 조금씩 달라지고 있었다.

시간이 흐르면서 문득 나는 깨닫게 되었다. 외부를 빛나는 기준과 이상으로 설정하는 한, 외부에서 무언가를 찾아 내부를 채워 넣으려 하는 한, 내 눈이 외부를 바라보는 한, 나는 그 외부에 비해 늘 보잘것없고 부족하고 충분치 않을 것임을, 그 외부의 틀에 나 자신을 지속적으로 욱여넣고 끼워 넣으며 한 줌 떨어지는 존재감과 안정감의 부스러기를 목매어 구하려 할 것임을, 그리고 빈약한 내부는 결코 채워지지 않을 것임을. 취약하고 불안한 나는 그 무한대로 증식하는 외부의 틀 속에서 평생토록 죽어라 달릴 것이었다. 평생토록 채워지지 않는 목마름에 죽어라 발버둥 칠 것이었다.

이제 비로소 나는 하나의 생각에 이르렀다. 이제, 나의 춤을 춰야겠다고, 다른 사람의 말이 아닌, 내 말을 하겠다고, 용기 있게 내 몸짓을 하겠다고. 비록 다른 사람들이 인정해주지 않더라도, 다른 사람들에게 받아들여지지 않더라도 이제는 괜찮을 것 같다고. 더 이상 남의 말대로 하는 앵무새나 로봇이 되고 싶지 않았다, 외부에 번쩍거리는 것을 향해 정신없이 펄쩍펄쩍 뛰어다니는 메뚜기가 되고 싶지 않았다. 겨우 칭찬받는 앵무새나 되려고, 고작 정신없이 뛰어다니는 메뚜기나 되려고 춤추고 싶지 않았다.

그래, 다른 사람의 말이 아닌 내 말을 하

고 싶다. 두렵더라도 용기 있게. 내가 나 스스로
에게 거짓 없는 진실한 말, 진실한 몸짓이면 된
것이다. 나만의 고유하고 진실한 몸짓. 이제 그
렇게 춤추고 싶다. 그렇게 춤을 출 수도 있지 않
을까? 자유롭게. 이제는 정말로.

움직여야
나는 산다

　　여기는 타슈켄트, 침묵의 나날들이 흐른
다. 걷지 않으면 안 될 사람처럼, 걷고 또 걷고,
생각하고 또 생각에 잠긴다. 세계와 나 사이에
투명막이 쳐진 듯 나는 세계와 자주 분리된다.
뼈에 박히는 고독은 매우 농밀하고 강렬하다.
몸에 욱신욱신 대는 그 강렬한 '고독'의 느낌이
고통을 넘어선 묘한 희열로, 적막한 고요함으
로 다가온다. 아주 깊은 물속에 정수리까지 푹
잠긴 느낌이랄까. 나는 고요 속으로, 고독 속으

로 완전히 침잠한다. 더, 더, 더…

　　　　무수한 걷기
와 사색의 시간이 쌓
여 흘러갔고, 이제
한국으로 돌아가야
할 날도 얼마 안 남
게 되었다. 하지만
나는 여전히 내가 원
했던 만큼 회복이 된
것 같지 않았다. 일

어섰나 싶으면 주저 앉아있었고, 세워졌나 싶
으면 허물어지길 반복했을 뿐이었다. 이렇다
할 답도 안 나왔고 정리도 안 되었다. 여전히 나
는 어찌 살아야 할지 잘 모르겠다. 여행의 끝자
락에 접어들 때 즈음이면, 자연스럽게 내 안에

서 어느 정도는 정리가 되어 있으리라는 믿음
이 있었는데….

'결국엔 길을 찾게 될 거야.'

단지 헛된 믿음이었나. 나는 대체 어찌
하면 좋을까. 어떻게 살고 싶은 건가, 무엇을 원
하는 걸까. 스멀스멀 다시 올라오는 불안, 나는
무겁게 가라앉았다. 끝나지 않을 방황 속에서
여전히 헤매고 있는 것만 같았다.

한국으로 돌아가는 날, 하즈라티 이맘 광장을 다시 찾았다. 미나렛이 보이는 조용한 곳 벤치에 자리를 잡고 앉았다. 이따금씩 지저귀는 새소리, 얼굴을 스치는 부드러운 봄바람에 나는 호수처럼 잠잠하고 평온해졌다.

예배당으로 가는 사람들이 간간히 내 앞을 지나갔다. 광장으로 연을 날리러 가는 동네 꼬마들이 내게 인사해주었다. 연날리기가 그토록 재밌을 일인지, 꼬마들의 신난 발걸음이 분주했다. 어른이 된다는 게 이런 걸까? 어릴 적 알록달록했던 세계가 시간과 함께 어느덧 무채색이 되어버린 것만 같았다. 가벼움과 놀이와 명랑성으로 온통 가득했던 지난 시간이 애틋하게 느껴졌다. 하지만 깊은 눈매를 가진 어른 인간으로 성장해가는 것도 좋다.

이제 이 예외적 시간을 닫아야 할 때다. 내 마음은 애틋한 동시에 담담했다. 한국에 돌아가고 싶지 않으면서도 돌아가고 싶었다. 여전히 개울의 잎사귀처럼 유유히 떠다니고 싶으면서도, 깊게 뿌리를 내린 나무처럼 땅에 단단히 연결되고 싶다.

너무 멀리 온 사람처럼 긴 여정이었다. 무엇을 원하는지, 어떻게 살고 싶은지, 어떻게 살아야 할지 부표처럼 떠오르는 생각들을 들여다보고 들여다보았다. 걷고 걸으며 온통 사색에 빠졌다. 피처럼 진한 고독에 사무치는 나날들 속에서도 어떤 날에는 경이로움에, 비현실감에, 황홀감에 온몸을 떨며 전율했다. 그럴 때면 온몸과 정신이 텅 비워지고 꽉 채워졌다. 또 어떤 날에는 감미로운 가벼움과 한없는 자유로움에, 몽환적인 환상에 푹 젖어 허우적대기도 했다.

결국 명쾌한 답은 나오지 않았다. 여행의 끝자락, 모호함과 불확실함을 안고 있을 뿐이었다. 그러나 이 여정의 총체가 내 안으로 온전히 스며드리라는, 그리고 결국 내 안에서 하나의 영감 같은 횃불로 발하게 될 거라는 알 수 없는 믿음이 싹 터 있었다. 흙탕물의 소요는 가라앉고 맑은 물이 떠오른다.

결국 명쾌한 답은 나오지 않았다.
여행의 끝자락, 모호함과
불확실함을 안고 있을 뿐이었다.
그러나 이 여정의 총체가
내 안으로 온전히 스며드리라는,
그리고 결국 내 안에서 하나의
영감 같은 횃불로 발하게 될 거라는
알 수 없는 믿음이 싹 터 있었다.

꼭 우즈베키스탄이어야 했을까? 다른 곳이었다면 어땠을까? 사실 이번 여행은 물리적인 장소 자체보다는 내면을 들여다보는 사적인 여정으로서 깊은 의미가 있었다. 아마 우즈베키스탄이 아닌 다른 곳에 갔어도 비슷한 색깔의 여행을 하지 않았을까 생각한다. 하지만 동시에, 우즈베키스탄이었기에 나의 여정이 이런 색깔과 이런 질감으로 현현하게 된 것이 아니었을까? 나와 우즈베키스탄의 절묘하고도 우연적인 만남, 그 돌발적 만남으로부터 지금 나만의 이 고유한 여정이 생성되고 풀려져 나왔다.

여행을 계속 하고 싶다. 나에게로 가는 길, 나에게 향해가는 여정으로써. 나를 지속적으로 잠잠히 들여다보며 나 자신에게 더욱 진실해져가고 싶다. 그런 여정을, 그런 삶의 여행을 계속 하고 싶다. 한국이든, 우즈베키스탄이든, 이 세계 어느 곳이든.

모든 사람의 삶은 제각기 자기 자신에게
로 이르는 길이다.

_ 헤르만 헤세

내 몸의 진동과
울림을 따라

집으로 돌아오는 버스 차창 밖으로 펼쳐지는 매우 익숙한 풍경. 이 익숙한 냄새, 적적한 습도, 드디어 한국 땅에 도착했다. 드디어 집에 왔다. 나의 정겨운 터에.

떠나기 전 그대로 놓아둔 나의 삶을 펼쳐놓고 그 앞에 가만히 섰다. 나는 어떻게 살고 싶은가, 무엇을 원하는가, 어떻게 살아야 할까. 여전히 길은 보이지 않았다.

여행을 마치고, 서울, 한강

　　이 긴 터널이 끝나지 않을 것 같았다. 정
녕 이대로 삶이 속절없이 흘러서 끝나버리게
되는 거구나… 두려움과 불안감에 사로잡힌 날
들이 한동안 이어졌다. 어떤 날은 미쳐버릴 것
같은 답답함에 몸서리를 치고 버둥대며 보냈
고, 또 어떤 날은 꾸역꾸역 목구멍으로 넘겨내
듯 버티며 보내기도 했다. 죽었는지 살았는지
선인장처럼 무덤덤하게 그저 숨이 쉬어지고 그
저 살아지는 날도 있었다. 내려가고, 내려가고,

또 내려갔다. 도저히 빛이 보이지 않았다. 그렇
게 시간이 흐르고 있었다.

그러나 나도 모르게, 언제부터인지도 모르게, 내 안에서는 서서히 변화가 시작되고 있었나보다. 나도 모르게 삶은 아주 조금씩 가지런해지고 있었다. 일이 일어나는 줄도 모르는 사이, 나는 일어서는 동시에 일으켜 세워졌던 것 같다. 온전히 해소되지 않은 답답함과 무력감으로 끙끙 앓던 내가 어느새 내 삶의 방향과 중심을 세운 선택을 내 앞에 두게 되었다. 그것은 시간과 함께 점진적으로 내게 일어난 자연스럽고도 의지적인, 능동성과 수동성의 흐름이었다. 그 흐름의 파동 속에서 나는 서서히 마주하게 되었다. 깊은 속에 우뚝 있었던 그 진실을, 부정하고 싶지만 부정할 수 없었던 내 안의 진실을, 그랬다. 나는 그래도 여전히 춤을 좋아하고 있었다. 그래도 여전히 춤을 추고 싶었다,

다시, 춤출 수 있을까? 이제 예전과는 다른 얼굴로 춤을 대할 수 있을 것 같았다. 이제 예전과는 다른 얼굴로 춤을 출 수 있을 것 같다는 희망이 내 안에 한줄기 빛처럼 들어와 있었다.

"겨울의 한 가운데에서, 나는 마침내 내
안에 꺾이지 않는 여름이 깃들어 있음을
알게 되었다."

_ 알베르 카뮈, 「여름」

움직이기
다시, 춤출 수 있을까?
이제 예전과는 다른 얼굴로 춤을 대할 수 있을 것 같았다.
이제 예전과는 다른 얼굴로 춤을 출 수 있을 것 같다는
희망이 내 안에 한줄기 빛처럼 들어와 있었다.

마흔 살, 내 삶의 가장 밑바닥을 쳤을 때 살 길을 찾아 떠난 여정. 나는 아주 깊은 물속에 정수리까지 푹 잠긴 듯, 고요 속으로 고독 속으로 침잠하고 또 침잠했다. 내 속 가장 깊은 곳으로 가라앉았다. 그 진하고 두터운 시간 위에서 나는 이제 다시 할 수도 있을 것 같다고, 다시 움직일 수 있을 것 같다고 말했다. 진실하고 용기 있게 나의 몸짓을 하고, 나의 길을 갈 수 있겠노라고 말했다.

여행 후 1년이 지난 지금, 나는 여전히 춤추며 산다. 사당동에 [움직이기] 라는 작은 무용공간도 열었고, 이제 사람들과 함께 춤을 나누고 있다.

요즘에도 어떤 날은 영감을 받아 감정적으로 한껏 고양 되어 신명나게 춤을 춘다. 또 어떤 날에는 춤에 대한 영감과 동력이 떨어져서 다소 무덤덤하게 느낄 때도 있다, 힘에 부쳐 버둥대며 춤추는 날도 있고, 몸과 정신이 축 쳐지고, 마음이 안 나서 춤을 추고 싶지 않은 날도 물론 있다.

돌이켜보면 그동안 몸과 정신이 받쳐줘서 즐겁고 산뜻하게 춤으로 들어가는 날(매우 좋은, 하지만 드문 상태)보다 그렇지 않은 날이 정말로 훨씬 많았던 것 같다. 다시 무겁고 뻣뻣해진 몸을 이끌고 비가 오나 눈이 오나 연습실로 터덜터덜 향해 갈 때면 내가 왜 무용을 한다고 했을까, 이걸 계속 할 수나 있을까 등등 오만가지 생각을 참 많이 했었다. 그런 의구심 속에서 일단 몸을 연습실에 던져놓고 몸을 살살 데우며 움직이기 시작하면 참 신기하게도 춤이 또 되어지는 것이었고, 시들시들했던 몸과 정신이 다시 세워지는 것이었다. 몸이 제대로 풀려서 신명의 영역으로 들어가면, 방금까지만 해도 무용을 하네 마네까지 저 멀리 갔던 생각은 온데간데없었다. 그쯤 되면 나는 어느 샌가 미친 듯이 땀을 쏟으며 좋다고 춤을 추고 있었다.

'하아… 역시 이거지. 이제 좀 살 것 같네.'

이제는 표면적인 신체나 정신 상태가 받쳐주지 않아도 그러려니 하고 딱히 개의치도 않는다. 내가 춤을 좋아한다는 진실은 표면이 아닌, 내 안 깊은 곳에 그대로 있고, 그 진실에 대해서 이제는 받아들였기 때문이다. 더 이상 의심하며 왈가왈부하지 않게 되었다. 일단 시작하면 되어지고, 또 세워지리라는 것을 이제는 안다. 정말로, 춤을 추면 춤추기 전과는 전혀 다른 상태가 된다. 딱딱하고 무겁고 차가운 몸이 해바라기처럼, 태양처럼 활짝 열려 젖혀지고 부드러워진다. 동시에 뿌리 깊은 나무처럼 이 땅에 깊고 단단한 내 존재의 중심이 세워진다.

춤을 추는 지금 여기, 그 은밀하고도 풍요로운 세계 속에서 나는 깊고 은밀한 만족감과 충만감에 잠긴다. 나는 돌처럼 진실하게 나 자신이 되고, 새로워지며 확장된다. 그렇게 춤도 새로워지고 확장되어간다. 그럼 나는 드디어 정말 사는 것 같다고, 이제야 숨통이 트여서 살 것 같다는 생각을 한다.

이 과정의 반복 속에서 내 속 깊은 곳에 우뚝 있는 진실을 선물처럼 마주한다. 춤을 추는 것으로써 춤을 좋아하는 마음을 재확인한다. 그럼 그렇게 또 계속 춤추고 싶어진다. 이제 사랑이라고 말할 수 있을까? 겉 표면의 파도는 흐르고 지나가도 깊은 속은 그대로 있다.

어떻게 살고 싶은가, 무엇을 원하는가, 어떻게 살아야 하는가. 오늘도 삶의 질문 앞에 선다. 삶은 예측할 수 없는 방식으로, 어찌 보면 급진적이라고 말할 수 있을 만큼, 스스로 물꼬를 터가면서 끊임없이 변화 변주해가고 있다. 내가 생각한대로 내 마음으로 삶의 길과 어떤 형상들을 고정해서 만들어놓고 그대로 다 밟아 나아갈 수 있다고, 혹은 그렇게 되어야만 한다고 여겼던 예전의 내 모습이 떠오른다.

'춤'이란 형상도 그랬고, '마흔'이란 형상도 그랬다. '춤은 이러이러해야 해.', '마흔은 이

러이러해야 해.', '다른 사람에게 인정받아야
해.', '마흔 살 정도가 되면 안정되어야 해.' 인정
받는 게 무엇일까? 안정이란 게 무엇일까? 그
누구도 나에게 강요하지 않았는데, 굳이 스스
로, 다 내 마음으로 어떤 허구적 형상과 모양을
만들어놓고서 못을 박고 족쇄를 채우고 집착했
다. 그 형상과 모양을 바람직한 것으로 여겼다.
그렇게 정해놓은 형상과 모양에 들어맞지 않은
나 자신을 바라보며 불안과 혼돈, 괴로움에 휩
싸였다.

춤에 대해, 마흔에 대해 인정받고, 안정
되어야 한다는 허구적 형상과 모양을 내려놓았
다. 집착과 착각을 벗어던졌다. 이제 그게 진실
이 아니라는 것을 알았으니까.
나는 무용으로 큰 '이름'을 떨치지도 못
했고, 마흔이지만 여전히 '안정'적이지도 못하
다. 하지만 괜찮다. 사람의 인정을 받든 말든,
남들이 알아주든 말든, 모양이 그럴싸하든 말
든 이제 더 이상 신경 쓰이지 않는다. 진실을 알

았고, 그 진실을 받아들여서 그래서 비로소 다른 의미의 '안정'을 찾았다. 그렇게 삶도, 춤도 달라졌다. 그리고 달라져가고 있다. 계속 춤을 추고 삶을 살아가고 움직이고 나아갈 뿐이다.

이제는 삶이 펼쳐지는 속에서, 현상의 혼재와 불확실성 속에서, 내 생각으로 분별하고 구분 짓고 그것에 집착하며 얽매이는 것을 그만두려고. 오히려 그저 내맡기고 내던지려고. 그 속에서 그저 진실하게 나 자신이 되려고.

자유롭게 움직이고 싶다. 나 자신에게로 향하는 진실하고 용기 있는 몸짓, 이 여정을 지속하고 싶다. 멈추고 싶지 않다. 움직여야 나는 산다. 내 몸의 진동과 울림을 따라서.